DREAMBOOKS

DREAMBOOKS★

DREAMBOOKS★

DREAMBOOKS★

天下第一

천하제일

ORIENTAL FANTASY STORY & ADVENTURE

장영훈 신무협 장편소설

2

dream books
드림북스

천하제일 2

초판 1쇄 인쇄 / 2014년 1월 27일
초판 1쇄 발행 / 2014년 2월 5일

지은이 / 장영훈

발행인 / 오영배
책임편집 / 편집부
퍼낸 곳 / (주)삼양출판사 · 드림북스

주소 / 서울특별시 강북구 솔샘로67길 92
대표 전화 / 02-980-2112 팩스 / 02-983-0660
편집부 전화 / 02-980-2116 팩스 / 02-983-8201
블로그 / blog.naver.com/dreambookss

등록번호 / 제9-00046호
등록일자 / 1999년 3월 11일

ⓒ 장영훈, 2014

값 9,000원

(주)삼양출판사 · 드림북스의 서면 허락 없이는 어떠한
형태나 수단으로도 이 책의 내용을 이용하지 못합니다.

ISBN 978-89-542-5423-6 (04810) / 978-89-542-5421-2 (세트)

* 지은이와 협의하에 인지는 생략합니다.
* 잘못된 책은 구입한 곳에서 바꾸어 드립니다.

이 도서의 국립중앙도서관 출판시도서목록(CIP)은 서지정보유통지원시스홈페이지(http://seoji.nl.go.kr)와
국가자료공동목록시스템(http://www.nl.go.kr/kolisnet)에서 이용하실 수 있습니다.
(CIP제어번호: 2014002258)

天下第一
천하제일

ORIENTAL FANTASY STORY & ADVENTURE

장영훈 신무협 장편소설

2

dream books
드림북스

차례

第一章 호송 · **007**
第二章 섬서의 이화운 · **037**
第三章 전각풍운 · **067**
第四章 약속 · **097**
第五章 무영신투 · **129**
第六章 수색 · **159**
第七章 비류혈접 · **189**
第八章 월하대작 · **221**
第九章 정체 · **253**
第十章 노을 풍경 · **283**

第一章
호송

天下第一

天下第一

 "어쩌면 북천맹주에게로 가는 서찰일지도 모를 일이지."
 북천맹이란 말에 설수린은 깜짝 놀랐다.
 설마 그녀의 입에서 북천맹이 언급될 줄은 상상도 못 했던 것이다.
 북천맹은 지금은 사라지고 없는 단체로 과거 사파인들의 집합체였다. 한마디로 사파인들의 무림맹이 북천맹이었던 것이다.
 하지만 현 무림맹주인 천무광을 배출하며 승승장구한 정파와는 달리 북천맹은 여러 악재가 겹치면서 몰락의 길을 걸었다.
 이후 북천맹은 공식적으로 해체했다. 하지만 일부 세력이 남아 그 명맥을 계속 이어오고 있었다. 그들은 지금도 암암리에 활약하면서 재기를 꿈꾸고 있었다.
 어쨌든 내가 북천맹의 세작이라고?

함정도 보통 함정이 아니었다.

설수린은 주위를 돌아보며 상대들의 실력을 가늠했다.

그러자 눈치 빠른 임소빙은 차갑게 경고했다.

"그러지 않는 것이 좋을 거예요."

물론 탈출할 생각은 전혀 없다. 같은 편끼리 칼부림은 절대 있어선 안 될 일이니까.

하지만 그렇다 하더라도 지금 처한 상황을 정확히 알아내야 했다. 제갈명이 항상 하던 말이 있다.

"가장 중요한 것은 네가 어디에, 어떤 위치로 서 있는지를 정확히 아는 것이다."

비단 위기 상황에만 적용되는 말은 아니었다.

살면서도 그건 항상 중요했으니까.

어쨌든 임소빙의 무공 실력은 자신과 비슷해 보였다. 나머지 이십여 명의 사내들은 전호와 비슷한 실력이었다. 그렇게 따지면 수적으로 절대 열세였다.

물론 이쪽에는 이화운이 있었다. 하지만 그와 함께 전각 무인들과 싸울 수는 없었다.

"우릴 어떻게 할 작정이죠?"

"우선 본각으로 호송할 거예요."

"이건 함정이에요."

"죄가 없다면 밝혀지겠지요."

잠시 고민하던 설수린은 단호히 말했다.

"좋아요. 비영단에 이 일을 알릴 수 있게 해 준다면 순순히 따라가죠. 그렇지 않다면, 당신은 우리 시체나 들고 가야 할 거예요."

임소빙은 잠시 생각하는 듯하더니 이내 대답했다.

"약속해요."

차갑게 굴고 있긴 해도 거짓말을 하는 것 같진 않았다. 하지만 설수린에겐 이화운을 데려가야 하는 막대한 임무가 있었기에 자신의 감만 믿어선 안 될 일이었다.

"약속으론 부족해요. 당장 연락해야겠어요."

임소빙은 수하에게 뭔가 명령을 내렸다.

그러자 그녀가 타고 온 배에서 대기하고 있던 무인 하나가 전서응(傳書鷹)을 가져왔다.

전서응은 수천 리 떨어진 곳에서도 약속된 곳까지 날아가게끔 훈련받은 독수리였다. 그가 가져온 전서응은 분명 맹에서 사용하는 공식 전서응이었다.

공식적으로 날리는 전서는 모두 비영단을 거치니 분명 제갈명에게 연락이 갈 것이다.

설수린은 현재의 사정을 알리는 전서를 썼다.

저 멀리 날아가는 전서응을 보고 나서야 그녀는 내심 안도했다. 뒷일은 제갈명이 알아서 처리해 줄 것이다.

혈도를 제압하기 위해서 임소빙이 설수린에게 다가왔다. 무림맹 고유의 혈도제압술이 있다. 한 번 제압을 당하면 제압한 사람이 혈도를 풀어 주기 전에는 내공을 일으킬 수 없게 된다.

"잠깐만요."

"또 뭐죠?"

"순순히 끌려갈 테니 혈도를 제압하지 말아 줘요."

"안 돼요!"

"만약 이게 함정이라면……. 그래서 우릴 노리는 거라면요?"

그러자 임소빙은 자신만만한 태도로 말했다.

"우리가 지켜줄 테니, 걱정하지 마세요."

설수린이 한숨을 내쉬며 고개를 내저었다.

그럼 너희는 누가 지키고?

임소빙은 직접 설수린의 혈도를 제압했다.

탁탁.

다시 원길이 와서 그녀의 손목과 발목에 묵직한 쇠사슬까지 채웠다.

원길이 뒤에 서 있던 전호에게 다가서자 그가 소리쳤다.

"전 같은 일행이 아닙니다! 저 여자 모른다고요!"

쟤들한테 그런 어설픈 연기가 통하겠느냐고? 이미 다 알고 와서 뒤집어씌우고 있는데.

전호가 설수린에게 다가와서 물었다.

"누구세요? 저 아세요?"

"네. 잘 아세요."

철컹.

전호도 혈도를 제압당하고, 쇠사슬이 채워졌다.

설수린이 이화운을 쳐다보았다. 혹시라도 그가 돌발 행동을 할까 긴장했는데, 다행히도 그는 순순히 혈도를 제압당하고 쇠사슬을 찼다.

임소빙은 세 사람을 자신들이 타고 왔던 배에 옮겨 태웠다.

이화운 일행이 배의 객실에 갇혔다. 문이 굳게 잠기고, 문 앞에 무인들이 경계를 섰다.

"전 좀 모른 척해 주시지!"

"왜? 혼자 그 배 타고 돌아가게?"

"같이 죽을 필요는 없잖아요?"

"너 혼자 죽을까 봐 그랬다."

"네?"

설수린의 표정이 진지해지며 눈빛이 깊어졌다.

"만약 이게 진짜 함정이라면 그 배에 혼자 남은 널 살려 두겠니?"

"아!"

설수린의 깊은 뜻에 전호가 감격했다.

"정말 대주님을 위해서 살겠습니다."

"요즘 자주 한다, 그 맹세."

"충성은 자주 시험해 봐야 하잖습니까?"

두 사람은 마주 보며 웃었다.

"이런 상황에서도 웃고 있으니 우리가 제정신이 아니긴 아니구나."

"인상 써 봐야 주름만 늘죠."

"하긴."

"한데 그놈들 짓일까요?"

전호가 말한 사람은 망향곡에 청부를 넣은 자들을 의미했다. 정말 그들이 전각까지 움직였단 말인가? 쉽게 믿기지 않았다.
"그나저나 대체 언제 서찰을 넣었을까?"
그녀의 말에 이화운이 불쑥 말했다.
"아까."
설수린과 전호가 깜짝 놀랐다.
"아까 언제요? 봤어요?"
"봤지."
"언제요?"
"중년 부인이 물 주면서 등 두드려 줄 때."
"아! 그때! 그 여자가? 왜 말을 안 했어요!"
"수하와 접선하는 줄 알았지. 다른 사람이 품에다 서찰을 넣는데 그걸 모를 리가 있나?"
"멀미에 죽어가는 것 봤잖아요! 그땐 내 속옷을 벗겨 가도 몰랐을 거라고요!"
전호가 히죽 웃었다.
"야하게 그런 말씀을."
설수린은 전호의 뒤통수를 때려 준 후 이화운을 응시했다.
"알았죠? 당신? 그런 게 아니라는 것."
과연 이화운은 음모가 진행되고 있음을 알고 있었다.
"어차피 그들이 일부러 뒤집어씌우려 했다면 어떻게 해서든지 일을 꾸몄겠지. 당신들 짐을 아무렇게나 한옆에 던져뒀더군."
그야 당연히. 안에 든 것이라곤 무복 몇 벌이 전부였으니.
설수린은 벽에 편하게 기댔다.

"어쨌든 다행이군."

"다행이라뇨? 전각이 우릴 노렸다는데 다행이라니요? 혹시 다시 멀미나는 겁니까?"

전호의 걱정에 그녀는 아예 다리를 쭉 뻗고 벽에 편하게 기댔다.

강호에서 무서운 것은 무지(無知)다. 모르면 무조건 당하는 곳이 강호다.

"전각의 음모라면, 적어도 우릴 전각까진 데려가겠지. 죽일 작정이었다면 벌써 죽였을 것이고."

무림맹으로 돌아가기만 하면 제갈명이 자신들을 구해 줄 것이다.

"대체 전각이 왜 이렇게 나올까요?"

"뭔가 내막이 있겠지."

분명 이번 일은 예언과 관련된 일이었다.

그녀가 이화운에게 눈을 흘겼다.

"결국, 당신은 다 알고 있으면서도 당해 준 거군요."

"언제든 풀 수 있으니까."

어련하시려고요!

"미안하지만 당신이라도 이건 못 풀어요."

이화운이 족쇄를 찬 손을 들며 물었다.

"지금 풀어 봐?"

당장에라도 풀고 뛰쳐나갈 것 같은 이화운의 모습에 설수린은 못 말린다는 표정으로 고개를 내저었다.

어쩌면 저 이화운이라면 절대 풀지 못한다는 무림맹 고유의 혈도제압술까지 풀어 버릴지도 모른다는 생각이 들었다.

"몸에 좋은 것 혼자 드시더니, 힘이 넘치시는군."

설령 그가 할 수 있다 하더라도 그래선 안 될 일이었다. 전각이 자신들을 죽이려 했다면 모를까, 이렇게 끌고 간다는 것은 정치적으로 풀어야 할 문제였다.

이화운이 반대쪽으로 고개를 돌리며 말했다.

"언제든 말만 해."

*　　*　　*

"설 대주가 전각에 체포되었습니다."

광진의 보고에 제갈명은 벌떡 자리에서 일어났다.

"뭣이?"

어지간한 일에는 평정심을 잃지 않는 그였지만 지금의 보고는 정말 상상도 못 했던 것이었다.

"전각에서 왜?"

"설 대주가 북천맹에 보내는 서찰을 가지고 있었답니다."

"뭐?"

황당하다는 표정을 짓던 제갈명이 천천히 자신의 자리에 앉았다. 너무 어처구니없는 내용이라서 잠시 멍해졌다.

이내 제갈명이 고개를 내저었다.

"미친 소리지."

"그렇죠."

"함정에 빠졌다는 말인데? 어디서 붙잡혔지?"

"맹에 거의 다 도착해서랍니다. 선상에서 체포당했습니다."

"선상? 설 대주가 배를 탔어?"

"네. 망향곡 살수들 때문에 늦어진 일정을 맞추려 한 것 같습니다."

"멀미까지 참아가며 돌아오는 애를 잡아갔단 말이지?"

제갈명의 농담에 광진이 피식 웃었다. 말도 안 되는 이유로 잡아갔다니까, 오히려 마음이 편해진 두 사람이었다.

"어디서 계획한 것 같나?"

"아무래도 전각에서 직접 작업한 것 같습니다."

"이유는?"

"일 진행 방식이 상당히 우직합니다. 서찰을 몰래 심고, 곧장 밀어닥치고. 걔들 방식이죠."

"그렇단 말이지?"

제갈명이 다시 자리에 앉았다. 깍지를 낀 채 그가 의자에 몸을 파묻었다. 상대가 외부 세력이 아니라 내부에 있다면 다행이었다. 여전히 가장 중요한 것은 비밀이 새어 나가지 않는 것이었으니까.

"왜 갑자기 전각이 우리 일에 끼어들지?"

잠시 숙고하던 그의 눈빛이 반짝였다.

"그렇군, 걸렸군."

"네? 무슨 말씀이십니까?"

"우리가 뒷조사하는 것을 알아낸 것이네."

"아!"

우려했던 일이 벌어진 것이다. 백룡단주 배구척에 이어 전각주 남궁정을 대상으로 비밀 내사에 들어갔다. 은밀히 조사하려 했지만, 워낙 고수들이 득실대는 전각이었다. 자신을 조사한다는 것을 알아낸 것이다.

"과연 전각은 전각이군."

"일종의 정치적 보복인 셈이군요."

"그렇다고 볼 수 있지."

"하지만 이화운과 관련된 일이 아닙니까? 만약 일이라도 잘못되면요?"

남궁정은 천기자의 예언을 알고 있는 사람 중 하나였다. 분명 설수린이 호송하는 인물이 이화운인지 알고 있었을 것이다.

"천기자가 강호를 구할 인물이라고 지명한 사람 중 하나네. 고작 이런 일에 휘말려 죽게 된다면, 어차피 강호를 구할 인물이 아니라고 판단한 거지."

"그렇군요."

"그리고 이 정도는 압박해야 나를 움직이게 할 수 있었겠지."

이화운과 관련된 일은 전적으로 비영단주인 자신의 책임이었으니까.

비영단과 전각은 비슷한 힘을 지니고 있었다. 이쪽이 머리라면 그쪽은 주먹이었다. 무림맹에 있어서 가장 중요한 두 조직, 그렇기에 미묘한 자존심 싸움이 개입될 수 있었다.

"이제 어떻게 하실 작정이십니까?"

"어쩌긴? 그들을 찾아와야지."

"쉽게 내주진 않을 겁니다. 사파의 세작으로 엮은 것을 보면."

사파나 마교와 관련된 죄를 지으면 일반 죄보다 몇 배나 더한 형량을 받았다.

제갈명이 미소를 지으며 말했다.

"쉽게 풀어 주려고 사파를 끌어들인 것이네."

"네? 그건 무슨 말씀이신지요?"

"사파, 특히 북천맹과 관련된 일들은 특급 기밀로 취급되지 않나? 따라서 외부에 자세한 내용을 밝히지 않고 덮기가 쉽지."

"아! 그렇군요."

"남궁정은 바보가 아니네. 이번 일이 얼마나 중요한지 잘 알고 있지. 내가 한 가지 일만 하면 그들을 풀어 줄 것이네."

"그게 무슨 일입니까?"

"와서 고개 숙이란 것이지."

단주가 직접 와서 제대로 사과하란 뜻이었다.

광진이 인상을 굳혔다.

"그런 목적으로 일을 이렇게 크게 벌인단 말입니까?"

"전각이니까. 알지 않나? 그들의 자존심을."

"이제 어쩌실 겁니까?"

잠시 생각에 잠겨 있던 제갈명은 의미심장한 눈빛을 발했다.

"가서 잘못했다고 해야지."

진심이냐는 광진의 눈빛에 제갈명이 웃으며 말했다.

"분명 우리가 잘못한 부분이 있으니까. 최대한 빨리 남궁각주와 약속 잡게."

"알겠습니다."

광진이 밖으로 나가자 제갈명은 의자에 깊숙이 몸을 파묻었다. 그의 얼굴에서 웃음기가 사라졌다.

"이렇게 나오시겠다 이거지?"

      *   *   *

세 사람이 배에서 내렸을 때, 선착장에 이십여 명의 무인들이 기다리고 있었다.

그들은 전각의 또 다른 대였다.

"영광이군. 귀하신 전각분들의 호위도 다 받아 보고. 그것도 두 개 대나 나서서."

그러자 옆에서 걸어가던 원길이 퉁명스럽게 말했다.

"호위가 아니고 호송이겠지."

일단 족쇄가 채워지자 그들은 세 사람을 죄인 다루듯이 했다. 특히 원길은 더욱 쌀쌀맞게 굴었다. 그는 상대의 처지에 따라 대하는 것이 달라지는 그런 부류의 인물이었다.

속물 같으니라고!

무인들 뒤로 한 대의 호송 마차가 대기하고 있었다.

마차를 본 설수린과 전호가 깜짝 놀라며 동시에 소리쳤다.

"저걸 타고 무림맹으로 들어간다고?"

그것은 일반 마차가 아니라 죄수 호송용 마차였는데 뒤쪽 객실이 쇠창살로 된 하급 죄인들을 호송하는 마차였다.

"차라리 절 여기서 죽여 주세요."

멋에 살고 멋에 죽는 전호의 최대 위기였다.

*　　*　　*

설수린은 전호를 이해했다.

저 쇠창살로 된 허름한 하급 죄인 수송 마차라면 아는 사람이 한 명도 없는 곳이라 할지라도 싫다고 발악할 전호였다. 한데 저것에 실려 무림맹으로 끌려가게 된다면?

"절 좋아하던 여자들이 모두 떠나 버릴 거예요."

전호가 머리를 부여 쥐며 탄식했다.

"유감이구나."

"대주님, 제발요! 그냥 일반 마차를 가져다 달라고 하세요!"

설수린은 한숨을 내쉬었다.

"무리야."

"왜요?"

"굳이 왜 이걸 가져왔겠어? 우릴 태워서 웃음거리로 만들겠다고 애초에 작정을 한 거야."

"그러니까 왜 우리가 웃음거리가 되어야 하냐고요?"

"그야……."

자신들의 소관이 아닌 문제였다. 자신들이야 큰 기관에 속한 일개 톱니바퀴에 불과했으니까. 그런 문제는 기관을 돌리는 이들의 문제일 것이다.

아! 이 말은 또 안 하고 싶었는데.

"억울하면 출세해야지."
원길은 호송 마차의 문을 활짝 열며 소리쳤다.
"자자, 어서어서 타시오!"
전호가 눈빛을 번뜩이며 속삭였다.
"그래요, 저놈을 죽이고 자결하겠습니다."
"그래라, 저놈이 제일 거슬리더라."
"크윽!"
전호가 너무 힘들어 하는 것이 안쓰러워 설수린은 조심스럽게 말했다.
"한 가지 방법이 있긴 한데."
"뭐죠?"
"옷을 벗어 머리에 뒤집어쓰고 가면 아무도 몰라보겠지?"
순간 전호가 눈빛을 반짝였다.
"오! 그런 방법이 있었군요. 역시 우리 대주님이 최곱니다. 음하하하."
금방 전호의 얼굴에 생기가 돌았다.
듣고 있던 이화운이 한심하다는 표정으로 말했다.
"그럼 진짜 죄인 같을 텐데."
전호가 히죽 웃으며 말했다.
"우리가 누군지 모르는데 무슨 상관!"
마차 옆에서 원길이 소리쳤다.
"자자! 모두 정신 바짝 차려라! 죄인들은 뭐해! 어서 타지 않고!"
그를 보며 전호가 눈을 가늘게 떴다.

"그런데 쟨 왜 저렇게 신이 났데요?"

"열심히 하는 척 잘 보여서 출세하려고 그러나 보지."

"저렇게 살아야 하는데."

"그러게."

둘이 자신을 두고 속삭이는 것을 본 원길이 인상을 찡그리며 성큼성큼 다가왔다. 강제로 밀어 넣으려는 기세였다.

"저놈이 손대면 더 기분 나쁘겠지?"

설수린은 자발적으로 마차에 올라탔다.

그 뒤를 따라 이화운과 전호가 몸을 실었다.

이윽고 호송 마차가 출발했다. 전각의 무인들이 좌우로 나뉘어서 수레를 호위했다.

전호가 웃옷을 벗어 머리에 뒤집어썼다.

"이러면 얼굴이 안 보이겠지요?"

"안 보인다."

"완벽하네요. 대주님도 어서 쓰세요."

"나도?"

"당연히요. 옆에 대주님이 계시면 당연히 저인 줄 알 것 아닙니까?"

"……날 걱정하는 것이 아니구나."

전호가 아차 하더니 이내 아무렇지도 않은 표정으로 말했다.

"그럴 리가요? 이게 다 대주님 혼삿길 막힐까 걱정하는 거죠. 안 그래도 성격 안 좋다는 소문났는데, 뇌옥까지 들락거린다고 해 봐요. 혼인은 이제 끝장이라고요."

설수린은 어이없다는 듯 고개를 내저었다.

이번에는 그녀가 이화운을 쳐다보았다. 그는 쇠창살에 기댄 채 가만히 앉아서 바깥 경치를 보고 있었다.

"죄인이 된 소감이 어때요?"

"소감이랄 것이 있나?"

"반란죄로 우린 죽을 수도 있어요."

"우리가 아니라 당신들이겠지. 난 이 강호를 구할 사람일지도 모른다면서? 그렇다면 당분간은 살려 두겠지."

"보기보단 계산이 빠른데요?"

"그쪽이 느린 거지."

어쩌면 그럴지도 모르겠다는 생각이 들었다. 이 사람을 만나기 전까진 자신도 꽤 영민하고 매사에 뛰어나다고 생각했는데. 이젠 뭐…… 멍청이 다 됐다.

"뭐, 당신은 괜찮겠군."

"왜요?"

"맹주와 그렇고 그런 사이라면서?"

헉! 어떻게 알았지? 아! 배에서 임소빙과 나눈 대화를 다 들었구나!

설수린의 얼굴이 붉어지면서 귀까지 빨개졌다.

당황하면 바로 얼굴에 표가 나는 그녀였는데 그의 말에 그녀의 얼굴이 한순간에 바뀌었다.

일전에 진천대주 놈과 한 번 겪은 일이라서 재치 있게 넘길 만도 했는데, 머릿속이 하얘지면서 이상하게 당황스러웠다.

심장은 심장대로 터질 듯이 뛰었다.

아, 안 돼! 이러면 진짜 잔 것 같잖아!

그에게 오해받기 싫었다. 아니, 그런 생각을 하는 자신이 당황스러웠다.

오해 좀 받으면 어때? 어차피 이제 곧 헤어질 사인데. 그런데 왜 이래? 설수린! 정신 차려!

전호가 재빨리 나섰다.

"맹주님과 그런 사이였어요?"

물론 아니란 것을 가장 잘 아는 전호다. 그녀가 당황한 것을 알고 도와주려고 나선 것이다.

다행히 전호의 말에 마음을 추스를 수 있었다.

설수린은 비장한 표정과 어조로 말했다.

"그래. 결국, 다 알게 되었군. 미리 말 못 해 줘서 미안해."

"와!"

"놀랐지?"

"아뇨, 이런 발연기 정말 충격적이어서요. 대주님은 잠입 임무는 절대 하시면 안 되겠어요. 세작으로 들어가면 첫날 밥도 먹기 전에 들통 나겠어요."

아, 녀석에게 연기 지적을 당하다니!

"이 자식이!"

하지만 전호에게 너무나 고마웠다. 이렇게 장난으로 넘길 수 있게 해 줘서.

그나저나 왜 그렇게 당황했을까?

탕탕!

그때 원길이 검집으로 창살을 신경질적으로 두드렸다.
"조용히! 어디 놀러 가나?"
설수린과 전호가 창살에 기대앉으며 입을 삐쭉 내밀며 말했다.
"비참하군요."
"그러네"
사실 설수린은 전혀 비참하다는 생각은 들지 않았다. 그냥 그다지 놀라울 것도, 겁날 것도 없었다. 어차피 정치적인 부분은 자신의 영역이 아니었다.
원길에게 기분 나쁠 것도 없다.
강호에는 원길 같은 자들은 널리고 널렸다. 아니, 저 정도는 애교로 봐줄 만하다.
돈이 된다면, 혹은 권력이나 욕망을 채우기 위해서라면, 수십 년을 사귀어 온 사람도 배신하는 자들이 널린 곳이 강호다.
저런 시답잖은 녀석에게까지 화를 낼 필요는 전혀 없다.
쓸데없는 곳에 심력을 소모하는 순간 지는 거다. 이 강호에 지는 거다.
물론 지금 이 순간에도 쓸데없는 심력 소모를 하는 사람이 있었다. 전호는 웃옷을 뒤집어쓴 채, 눈만 내놓고 열심히 주위를 살피고 있었다.
여전히 이화운은 창살에 기댄 채 바깥 경치를 말없이 쳐다보고 있었다.
사람을 그리 당황하게 하고선 무슨 생각을 저리 하고 있는 것일까?
"그나저나 대체 우린 어디로 끌려가나요?"

전호의 물음에 그녀는 짤막하게 대답했다.

"전각."

"일반 뇌옥으로 안 가고요?"

"어차피 과시용이라서. 일반 뇌옥은 추잡스러울 것이고, 전각 쪽은 저놈들 꼴 보기 싫을 테고."

전호가 이화운을 보며 불쑥 말했다.

"그쪽이 강호를 구할 사람이면 좋겠습니다."

"왜지?"

"이런 꼴까지 당했는데, 아니면 너무 억울할 것 같아서요."

이화운은 희미한 미소를 지을 뿐이었다.

어느덧 저 멀리 무림맹의 본단이 보였다.

건물들 뒤로 맹주가 있는 본성이 보였다. 뒤로 갈수록 지형이 높게 지어져, 맹주가 있는 저곳에선 무림맹 전체를 내려다볼 수 있게 설계되어 있었다.

무림맹에 가까워질수록 지나가는 사람들이 많아졌다.

"숙여요, 숙여!"

간절한 전호의 말에 설수린은 무릎 사이로 얼굴을 파묻었다.

"그래선 다 알아보겠는데요? 웃옷을 벗어요."

"난 벗으면 바로 속옷이야."

"얼굴만 가리면 누군지 알겠어요?"

"이놈아! 그래도 그렇지."

그때였다.

이화운은 자신의 웃옷을 벗더니 그녀에게 건넸다. 그는 옷 안에 얇은 옷을 하나 더 입고 있었다.

"어?"

그가 옷을 벗어 주리라곤 생각지 못했기에 그녀는 깜짝 놀랐다. 전호마저도 의외란 표정을 지었다.

"싫어?"

이화운이 다시 옷을 입으려 하자, 설수린은 재빨리 옷을 낚아챘다.

"그럴 리가요!"

그녀가 이화운의 옷을 뒤집어썼다.

옷에서 이화운의 체취가 느껴졌다. 그러고 보니 이렇게 다른 남자가 입던 옷을 뒤집어쓴 적은 이번이 처음인 것 같았다.

그녀는 왠지 마음이 싱숭생숭했다.

이화운의 체취는 그리 나쁘지 않았다. 왠지 따듯해지는, 그리고 보호받는다는 느낌.

아! 요즘 외로움이라도 타는 것일까?

이윽고 마차가 무림맹 본단 입구에 멈춰 섰다.

원길이 입구를 지키는 무인들과 이야기를 나눴다. 아무리 전각이라도 무림맹에 들어가려면 여러 확인 절차를 거쳐야 했다.

그때 마차 옆을 지나가던 여자 무인들이 수군거렸다.

"아! 이번에 신화대에서 활약하던 세작이 체포되었다는 소문이 있더니. 저들인가 봐."

옷 속에서 그녀가 혀를 찼다.

벌써 소문 다 났네?

"신화대주가 관련되었다던데."

30 천하제일

"그 여자? 맹주님하고 잤다더니."

"소문일 뿐이잖아?"

"소문은 무슨! 분명 잤다고."

둘 중 한 사람은 부정적이었고, 다른 여인은 그나마 좀 나았다.

"생각을 해 봐. 사파의 세작이 맹주님을 유혹해서 비밀을 빼내려 했다. 아귀가 딱 맞아떨어지잖아? 예쁘긴 예쁜가 보네. 맹주님까지 유혹한 것을 보니."

"아직 확인된 것은 하나도 없어."

"만약 죄가 없다면 저렇게 얼굴을 가리고 있을 리 없잖아."

설수린이 입맛을 다시며 희미하게 웃었다.

그때 전호가 덮어쓴 것을 벗더니 버럭 소리쳤다.

"아무것도 모르면서 무슨 헛소리들이야!"

전호가 소리치자 여인들이 깜짝 놀랐다.

"이년들이! 듣자 듣자 하니까! 우리 대주님이 맹주님하고 자는 것 봤어? 세작질하는 것 봤냐고? 왜들 그리 입들이 싸냐고! 남들 이야기를 하는 게 그렇게 재미있……냐고요, 추 소저."

마차 옆에 선 두 여인 중 한 여인은 전호가 소개를 받기로 한 백룡대의 추영이었다. 그녀는 아담한 키에 예쁘장한 외모, 선한 눈빛을 지니고 있었다. 그녀를 소개받기 위해 주선자에게 술을 몇 번이나 사 먹였는지 몰랐다. 물론 이번 작전 때문에 미뤄지긴 했지만.

그녀와 함께 있던 여인이 싸늘히 쏘아붙였다.

"아니 땐 굴뚝에 연기 나겠어요? 그런데 어디다 대고 이년 저년이에요!"

앞서 설수린에 대해 부정적으로 말하던 여인이 바로 그녀였다.

눈에 쌍심지를 켜는 그녀에 비해 추영은 미안한 표정으로 고개를 숙였다.

"죄송해요. 저희가 실수했어요."

"우리가 뭘 잘못했다고 사과를 해? 이 사람들 사파의 세작이라고!"

"이제 그만 해!"

추영이 강한 어조로 동료를 말렸다.

"흥!"

추영은 다시 전호에게 사과했다.

"소문이 워낙 흉흉해서 저희가 실수했어요."

"아닙니다. 추 소저."

"누명을 벗길 바랄게요. 그럼 이만."

추영은 동료를 끌다시피 하여 반대쪽으로 걸어갔다.

멀어져가는 그녀를 보며 전호는 한숨을 내쉬었다.

"착하기까지 하네요."

"그러네."

"아!"

전호의 탄식에 설수린도 덩달아 한숨을 내쉬었다.

"미안하구나."

"아뇨."

"저 옆에 애, 널 겁나게 욕하는 것 같다."

저 멀리 흥분한 얼굴로 떠들어 대는 여인의 모습이 보였다.

"둘이 친해 보이죠?"

"응."

전호가 두 무릎 사이에 고개를 파묻었다.

"강호가 멸망해 버렸으면 좋겠어요."

그때 반대쪽에서 누군가 말했다.

"요즘은 나도 그렇다네."

놀라 돌아보니 제갈명이 웃으며 서 있었다.

"단주님! 언제 나오셨어요?"

"방금. 고생들이 많군."

설수린은 활짝 웃었다. 그가 이렇게 마중 나왔다는 것은 서찰을 제대로 받았다는 증거였다. 그가 자신의 처지를 아는 한, 이제 걱정은 끝이다.

"잠깐 이들과 이야기 좀 하겠네."

제갈명의 말에 임소빙은 수하들을 물렸다. 아무리 전각이라 해도 비영단주인 제갈명의 부탁을 함부로 거절할 수는 없었다.

그들이 멀찌감치 물러나자 제갈명은 이화운과 정식으로 인사했다.

"먼 길 오느라 수고했네. 난 비영단의 제갈명이라고 하네."

"이화운이오."

두 사람의 시선이 허공에서 얽혔다.

사람을 꿰뚫어 보는 데 누구보다 정통한 제갈명이었다.

과연 그는 이화운에게서 무엇을 보고 있을까?

"고생이 많았다고 들었네."

이화운은 가볍게 고개를 끄덕였다.

설수린이 슬쩍 끼어들었다.

"노고는 저희에게 치하하셔야죠. 저 사람을 보호해서 여기까지 데려온 것이 우리니까요."

그러자 전호가 이화운에게 손을 들며 히죽 웃었다. 마치 설수린의 억지를 좋게 이해해 달라는 그런 표정이었다.

"뭐야, 그 기분 나쁜 행동은?"

"뭐긴요. 방금 사랑을 잃은 한 남자가, 다른 사람의 사랑이라도 지켜 주려는 노력이지요."

히죽 웃는 전호를 보며 설수린은 어이없다는 표정을 지었다.

"강호가 멸망해도 그런 일은 없다!"

"남녀 일은 몰라요."

설수린은 이화운을 빤히 쳐다보았다.

"저 외모만 딱 떼 올 수 있다면 모를까."

"그건 세상 모든 남자가 대주님을 보고 하는 생각이죠."

그 말에 이번에는 이화운이 피식 웃었다. 그 보기 좋은 웃음이었다. 물론 평소처럼 그것은 빠르게 사라졌다.

제갈명이 조금 미안한 표정으로 말했다.

"어쨌든 조금만 고생하고 있어."

"네."

"곧 나올 수도 있고, 시간이 조금 걸릴 수도 있다."

설수린 역시 이번 일의 배경에 복잡한 정치적인 역학 관계가 얽혀 있음을 짐작하고 있었다.

어차피 자신이 알지도 못할 일이고, 내용을 안다 해도 할 수 있는 일이 없었다.

"휴가라 생각하고 쉬죠."

이번에는 제갈명이 이화운을 쳐다보며 말했다.

"자네에겐 미안하네."

"괜찮소."

"저들과 함께 있으면 심심하진 않을 걸세."

이화운이 희미하게 웃었다.

바로 그때였다.

또 다른 무리가 그곳으로 다가왔다.

멀리서부터 느껴지는 그들의 기도가 범상치 않았다.

"누구죠?"

설수린의 물음에 제갈명은 가장 선두에 선 사내를 보며 나직이 말했다.

"섬서의 이화운."

第二章
섬서의 이화운

天下第一

天下第一

섬서의 이화운은 젊었다. 게다가 외모도 출중했다.
이쪽 이화운이 뽀얗고 앳된 느낌이라면, 그는 선이 굵으면서 잘생긴 얼굴이었다.
물론 설수린의 취향은 지금의 이화운 쪽이었다.
저런 남자는 왠지 부담스럽지.
그러면서 그녀는 자신이 데려온 이화운을 돌아보았다. 하지만 이내 한숨을 내쉬었다.
이쪽은 얼굴만 안 부담스럽지.
그녀가 두 이화운을 번갈아 쳐다보자 전호가 장난스럽게 물었다.
"어때요? 저쪽 이화운에 대한 소감이?"
"끝내주게 잘 생겼는데? 누구와는 달리 성격도 좋아 보이고."

섬서의 이화운

물론 이쪽 이화운이 들으라고 한 소리였다.

하지만 이화운은 그 정도 도발에 넘어가지 않았다. 그는 별 관심 없다는 듯 창살에 기댄 채 저 멀리 하늘만 올려다보고 있었다.

"게다가 실력도 대단해 보이고."

그녀의 말을 제갈명이 이어받았다.

"그 이상이다. 그는 살곡의 부곡주를 죽였고, 며칠 전에는 패왕(覇王)을 격살했다."

패왕이란 말에 설수린은 깜짝 놀랐다.

"패왕이라면? 설마 사도칠왕(邪道七王) 중 한 명인 패왕 말인가요?"

"그래, 바로 그다."

사도칠왕은 사파에서 가장 강하다고 알려진 일곱 고수였다.

그중 패왕은 권법을 쓰는 인물로 절정 중에서도 최고 수준에 속한 고수였다. 몇 년 내에 초절정에 들어갈 것이란 것이 강호의 예측이었다.

그는 이쪽 이화운이 죽인 풍멸권의 십호보다 훨씬 더 고수였는데, 그를 저 섬서의 이화운이 죽인 것이다.

"대단한데요?"

설수린은 진심으로 감탄했다.

하지만 제갈명은 그의 무공 실력보다 다른 것에 신경을 쓰고 있었다.

바로 이번 일의 배후자들이 이화운을 죽이기 위해 사도칠왕 중 한 명인 패왕을 보냈다는 점이었다.

그를 고용한 것이든, 혹은 속여서 보낸 것이든 어쨌든 상대는 사도칠왕을 움직일 수 있을 정도의 능력을 지니고 있었다.

패왕이 단지 돈만으로 움직이지 않았을 터, 상대는 살수 조직의 주력을 움직일 막대한 돈과 더불어 머리도 함께 지닌 자들이었다.

그사이 섬서 쪽 이화운 일행이 그 옆을 지나쳐갔다.

그를 호위해서 데려온 사람은 단양수(檀楊洙)였다.

설수린은 그에 대한 인상이 그다지 좋지 못했다. 그를 생각하면 떠오르는 두 개의 단어가 있다.

출세욕과 자존심.

그렇다고 그가 악인이란 뜻은 아니었다.

맡은 일은 철두철미하게 처리했고 맹에 대한 충성심도 높았다. 그냥 인간미 없는 그가 마음에 들지 않았을 뿐이다.

그들 역시 출입 허가를 받기 위해 잠시 호송 마차 옆에 멈췄다.

단양수는 진짜 죄인이라도 보는 듯한 차가운 시선으로 설수린을 힐끗 쳐다보고는 그냥 지나쳤다.

안면도 있는 처지에 너무하는군.

설수린은 고개를 내저었다. 하긴 애초에 저 재수 없는 인간에게 뭔가를 바라는 것이 웃긴 일이었다.

단양수가 출입 허가를 받는 사이 섬서의 이화운이 말에 탄 채 가까이 다가왔다.

가까이 오자 그의 기도를 느낄 수 있었다.

말로 표현할 수 없는 묘한 느낌.

그의 시선이 가장 먼저 향한 곳은 이쪽의 이화운이었다.

하늘을 올려다보던 이화운도 그를 향해 고개를 돌렸다.
두 이화운의 시선이 허공에서 딱 마주쳤다.
바로 그 순간이었다.
설수린은 하나의 장면을 떠올렸다.

칠흑 같은 어둠 속에는 비가 쏟아지고 있었다.
쏴아아아아아!
한동안 계속되는 정적.
번쩍!
벼락이 치는 짧은 아주 잠깐 주위가 밝아졌다.
비를 맞으며 그가 서 있었다.
그는 바로 섬서의 이화운이었다.
꽈르르릉!
뒤따른 천둥소리에 장면은 순식간에 사라졌다.

"후우."
설수린은 가볍게 한숨을 내쉬었다.
빗속에 홀로 서 있는 장면에 불과했는데, 설수린의 가슴이 떨렸다. 왠지 두렵고 섬뜩한 기분이 들어서였다.
그때까지도 두 이화운은 서로 말없이 쳐다보고 있었다.
마치 서로 아는 사람을 보는 것 같기도 했고, 아예 초면인 사람을 보는 눈빛 같기도 했다.
이쪽의 이화운이 먼저 고개를 돌렸다. 그는 다시 창살 너머의 하늘

로 시선을 옮겼다.

그러자 섬서 이화운의 시선이 자연스럽게 설수린을 향했다.

그녀를 보는 순간, 그의 눈빛이 살짝 동요했다. 그가 미소를 지으며 말했다.

"아름다우시군요."

"알아요, 저도."

그녀의 퉁명스러운 대답에도 그는 사람 좋은 미소를 지었다. 빗속 장면과는 정말 다른 느낌이었다.

"다음에 또 뵙게 되기를."

그렇게 섬서의 이화운은 일행들과 함께 먼저 맹으로 들어갔다.

"예쁘다는데 왜 그리 퉁명스러워요?"

"변태냐? 창살에 갇힌 여자를 보고 아름답다니."

전호는 피식 웃었다.

"순진한 거죠. 어쨌든 실력 좋고, 잘생겼고, 성격도 좋아 보이고."

"새 형님 찾아 떠나려고 짐 꾸리는 소리 들린다."

"패왕을 죽였다잖아요? 대주님도 알잖아요? 패왕, 그 무지막지한 놈."

"알지. 전성기 때는 그 주먹으로 일류 고수 열여섯을 한 자리에서 죽였다는 소문이 있지."

전호는 힐끗 이화운을 돌아보았다.

"그에 비해……."

전호는 짐짓 한숨을 내쉬며 장난스럽게 말했다.

"이로써 강호를 구할 사람은 정해진 것 같네요."

과연 그럴까? 하는 마음으로 설수린은 제갈명을 쳐다보았다.

그는 두 사람의 이화운을 한 자리에서 보았다.

분명 자신이 보지 못한 어떤 것을 느꼈을 것이다.

과연 누가 진짜 강호를 구할 사람인지 알아차렸을까?

하지만 제갈명은 그에 대해 아무런 내색도 하지 않았다.

물론 더 알 수 없는 사람은 이화운이었다. 그는 여전히 무심한 눈빛으로 쇠창살 사이로 보이는 하늘을 올려다보고 있을 뿐이었다.

* * *

입구에서 제갈명과 헤어진 세 사람은 전각에 딸린 허름한 건물의 지하 밀실로 끌려갔다.

"으스스한데요?"

어둡고 좁은 복도의 벽에는 마른 피가 묻어 있었고, 두꺼운 철문들이 마주 보고 있었다.

그들은 복도의 마지막 방으로 끌려 들어갔다. 여전히 세 사람은 혈도를 제압당한 상태였고, 손목과 발목에 족쇄를 차고 있었다.

문을 열고 들어간 순간, 전호는 깜짝 놀랐다.

"어이쿠! 이게 다 뭐냐?"

그 방은 일반 뇌옥이 아니라 고문실이었다. 옆으로 여러 고문 도구들이 놓여 있었는데, 보는 것만으로도 소름 끼치고 두려운 것들이었다.

그들을 데려온 무인들은 문을 잠근 후 그 앞을 지켰다.

전호는 설수린을 보며 걱정스럽게 물었다.

"설마 우릴 고문하려는 것은 아니겠죠?"

"아니겠지."

"그런데 왜 이런 곳으로 데려왔데요?"

"겁주려는 거지."

"그렇다면 대성공인데요?"

전호가 다시 한 번 몸을 떨었다. 차라리 수십 명의 적과 싸우는 것이 낫다는 생각이 들었다.

"죄가 없는데 무슨 걱정이야?"

그때였다. 문이 거칠게 열리며 원길이 들어왔다.

"죄가 없긴 누가 없다는 것이지?"

호송 마차에 오른 이후부터 그는 세 사람을 완전히 죄인 취급하고 있었다.

그도 그럴 것이 그는 실제로 설수린이 세작 활동을 펼쳤다고 믿었다. 일반 뇌옥이 아니라 이곳에 가두라고 명령을 내린 것도 바로 그였다.

"그들에게 보내는 서찰이 나왔다. 이보다 더 명백한 증거가 필요한가?"

설수린은 나른하게 대답했다.

"내가 쓴 서찰이 아니라니까."

"어디 증명해 보시지?"

"증명은 붙잡은 쪽에서 해야지?"

"여기 있지 않나?"

원길은 다시금 서찰을 들어 보였다.

설수린은 고개를 내저었다. 처음에도 느꼈다시피 원길은 생각이 꽉 막힌 자였고, 길게 말해 봐야 입만 아픈 상대였다.

설수린이 입을 다물자 원길은 방 옆의 고문 도구가 있는 곳으로 걸어갔다.

"말이 안 통할 때는 그에 걸맞은 방법이 있지."

사실 원길에게 내려진 명령은 그들을 일반 뇌옥에 가둬 두라는 것이었다.

하지만 그는 공을 세우고 싶어 안달이 나 있었다. 이번 일이 아니라도 그는 평소에 공을 세울 수 있다면 제일 먼저 나서서 설레발치는 것이 특기였던 자였다. 물론 그렇다고 허가 없이 고문을 할 수는 없었다. 그는 그저 고문할 듯 겁을 줘서 자백을 얻어내려는 심산이었다.

"흐흐흐, 살가죽을 벗겨 줄까?"

한껏 공포 분위기를 조성하며 고문 도구를 고르는 원길의 뒷모습을 보며 전호가 설수린에게 속삭였다.

"설마 진짜 하지는 않겠죠?"

그때 원길이 커다란 집게를 들며 이쪽을 돌아보았다.

"생니를 뽑아 주랴?"

전호가 세차게 고개를 내저었다.

그러자 원길은 다시 돌아서서 다른 고문 도구를 골랐다.

설수린은 나직이 말했다.

"할 것 같은데? 방금 저 눈 뒤집힌 것 봤지?"

"그럼 어서 제갈 단주님께 알려야지요."

"어떻게?"

"그야 저도 모르죠."

다시 원길은 그 옆에서 끝이 이상하게 비틀린 비수를 꺼내 들었다.

"무릎의 슬개골을 도려내 줄까?"

전호는 더욱 세차게 고개를 내저었다.

원길은 쇠 집게를 들고 돌아섰다.

"일단 손톱부터 뽑고 천천히 생각해 보지."

그는 지금의 상황을 완전히 즐기고 있었다.

자신을 향해 다가서는 그를 보며 설수린은 싱긋 웃고는 말했다.

"그쪽 대주가 여자던데. 여자부터 건들면 별로 좋아할 것 같지 않은데?"

그 말에 원길은 고개를 끄덕였다. 과연 자신의 상관인 임소빙은 여자를 무시하는 것을 제일 싫어했다.

원길은 방향을 바꿔 이화운에게 다가갔다.

그러자 이화운이 무덤덤하게 말했다.

"건들면 죽어."

이화운과 눈이 마주친 원길은 등줄기가 서늘해졌다. 함부로 대할 수 없는 어떤 기세가 느껴졌다.

결국, 원길은 전호 앞에 섰다.

전호는 목소리를 내리깔며 이화운의 흉내를 냈다.

"건들면 죽어."

말은 같았지만, 효과는 전혀 달랐다.

"흥!"

원길이 코웃음을 치며 전호의 손을 들었다.
"오냐, 어디 한번 죽여 봐라!"
사색이 된 전호가 놀라 소리쳤다.
"어이쿠! 대주님! 살려 주세요!"
"괜찮아, 손톱은 없어도 살 수 있어."
"그럼 대신 뽑으시든지요?"
"여자에겐 목숨만큼 소중해서."
원길은 정말 손톱을 뽑으려는 듯 집게를 가져다 대었다.
"잠깐!"
그를 제지한 설수린의 표정은 진지해져 있었다.
"그쯤 하도록. 어차피 뽑지 못한다는 것 다 알고 있으니까."
"뭣이?"
"아무리 전각이라도 고문 허가가 이렇게 쉽게 날 리가 없지."
순간 원길은 말문이 막혔다.
그녀는 그 기세로 그를 몰아붙이기 시작했다.
"너도 내 소문 들었지?"
순간 원길은 흠칫 놀랐다. 물론 맹주와 잠자리를 한다는 소문은 들었다.
설수린은 그를 차갑게 노려보며 말했다
"그 소문…… 다 사실이다."
그녀가 너무 진지했기에 원길은 눈만 껌벅였다.
"그런데 내가 왜 이런 상황에 부닥쳤느냐고? 이유는 간단해."
"뭣 때문이지?"

"내가 맹주님을 떠나려고 했거든."

"……!"

생각지도 못한 말에 원길은 깜짝 놀랐다.

"그래서 지금 맹주님은 매우 화가 나신 상태야. 이렇게 잡혀 온 것도 그 때문이고. 하지만 말이야. 너, 우릴 반드시 생포하란 명령을 받았지? 그렇지?"

차가운 추궁에 원길은 자신도 모르게 고개를 끄덕였다.

"맹주님이 왜 그런 명령을 내리셨을 것 같아?"

순간 원길은 가슴이 철렁했다. 과연 이어진 설수린의 말은 그의 간담을 서늘하게 했다.

"아직 나를 사랑하신다는 거지."

원길이 침을 꿀꺽 삼켰다.

설수린은 매서운 눈빛으로 원길을 노려보며 강한 어조로 말했다.

"그 말이 무슨 뜻인 줄 알아? 내 말 한마디면 너 하나쯤은 손톱 발톱이 아니라 뼈까지 다 추려 버릴 수 있다는 말이야. 그러니 이 자식아, 계속 까불어 봐!"

쨍그랑.

그 기세에 놀라 원길은 들고 있던 집게를 떨어뜨렸다.

설수린은 계속 그를 몰아붙였다.

"맹주님께 부탁할 거야. 네놈을 이 방의 모든 도구를 다 사용해서 고문해 달라고. 죽이지도 말고 평생 고문만……."

"으허헉!"

원길은 더는 버티지 못하고 비명을 내지르며 밖으로 달려 나갔다.

그 모습에 전호는 감탄했다.

"와!"

"어때? 멋지지? 죽이지?"

"아뇨, 이런 형편없는 연기에 속아 넘어가는 것이 놀라워서요. 눈을 한 백 번은 깜박인 것 같은데."

"이 자식이!"

그녀는 전호의 뒤통수를 때리려는 시늉을 했다. 평소라면 잽싸게 피했을 텐데 웬일로 전호는 피하지 않았다.

"왜 안 피해?"

"그래도 감격했거든요. 절 위해 그런 오명을 뒤집어쓰시다니요."

"이까짓 걸로 감격은."

하지만 전호는 알았다. 여자가 그런 이야기를 함부로 하기는 절대 쉽지 않다고.

"놈이 소문을 내면요? 대주님께 직접 들었다면서?"

"괜찮아. 어차피 소문 다 난 것. 날 잡아 잡수시라고 하세요."

전호가 히죽 웃었다.

"야해요."

"네 귀가 야한 거야."

"히히히."

히죽거리는 두 사람을 보며 이화운은 어이없다는 표정을 지었고 결국 피식 웃고 말았다.

설수린은 그 순간을 포착했다.

자신 때문에 웃는 저 피식 웃음이 그녀는 왠지 좋았다.

그와도 잘 어울렸고.

전호가 가볍게 한숨을 내쉬며 말했다.

"그나저나 분위기가 영 별로네요. 빨리 나가야 할 것 같습니다."

이번 일이 상부만 아는 극비이기 때문인지 상황이 쉽게 풀리지 않았다. 천지도 모르고 원길이 설쳐 대는 것도 그 때문이고.

"일단 믿어 보자고."

그녀의 말에 전호는 무심코 이화운을 쳐다보았다.

이화운은 팔에 채워진 족쇄를 들며 말했다.

"언제든 말만 해."

배에서 말했듯이 당장에라도 부수고 나갈 수 있다는 뜻이었다.

설수린은 고개를 내저으며 말했다.

"허풍쟁이 네 형님 말고…… 밖에 있는 똑똑한 분 말이야."

* * *

전각으로 들어선 제갈명은 주위를 한 번 둘러보았다.

언제나 그렇듯 이곳에 들어서면 전각 특유의 강렬함이 느껴졌다.

연무장에서 수련하는 이들에게선 열정과 노력이, 지나가는 이들의 눈빛에선 자신이 가장 강한 조직에 속해 있다는 자부심이 느껴졌다.

하다못해 옆에서 잡담을 나누는 이들조차 무공에 관한 이야기를 나누고 있었다.

'전각이 강한 이유지.'

전각은 그야말로 정예들만 모인 곳이었다. 그들 대부분이 일류 고수들이었는데 대주들은 당연히 절정 고수들이었다. 거기에 다양한 작전 경험까지 더해지니 그들은 정예 중에서도 정예가 된 것이다.

전각주 남궁정의 집무실 근처에는 삼엄한 경계가 펼쳐져 있었다. 스무 명으로 이뤄진 일개 대가 돌아가면서 경계를 서고 있는 것이다.

신분 확인을 거친 후 제갈명은 전각주 남궁정의 집무실로 들어섰다.

"오셨습니까?"

남궁정은 조금 사무적인 어조로 제갈명을 맞이했다.

무림맹 내에서 둘의 위치는 거의 비슷했다. 한쪽은 최고의 정보 집단 수장이고, 다른 한쪽은 최강의 무력 집단 수장이었다.

"그간 잘 지내셨소이까?"

"덕분에."

남궁정은 말을 아꼈다. 협상에서 말을 아낀다는 것, 오히려 그것이 대화의 주도권을 잡는 한 방법임을 제갈명은 잘 알고 있었다. 어차피 칼자루를 쥔 쪽은 상대였다.

물론 제갈명은 남궁정이 절대 이화운을 건들지 못한다는 것도 알았다.

문제는 설수린과 전호였다. 그들은 괜한 힘 싸움에 권력의 희생양이 될 수도 있었다.

수하가 와서 차를 내놓고 나갔다. 보통 단주 이상의 직급에는 전담 시비가 두세 명 배정되는데, 남궁정은 그들을 모두 거절했다.

전각에 일반 시비들은 필요 없다는 것이다. 오직 무(武)만을 추구하는 그의 성격을 단적으로 드러내는 일화였다.

물론 그렇다고 그가 무식하다는 말은 절대 아니었다. 단순하지만 주관이 뚜렷했고 신중한 면도 함께 지니고 있었다.

그런 상대에게 말을 빙빙 돌리는 것은 그다지 좋은 접근법이 아니었다.

"사죄를 드리러 왔소."

"사죄라니요?"

제갈명의 말에 남궁정이 모른 척 반응했다.

"이번에 저희 쪽에서 실수가 있었습니다."

"사람이 하는 일이니 그럴 수도 있지요. 한데 어떤 실수를 말씀하시는지 잘 모르겠소만."

좀 더 확실히 사과하란 뜻이었다.

제갈명이 잠시 생각할 시간을 벌며 차를 마셨다.

탁자에 찻잔을 내려놓았을 때, 제갈명은 어디서부터 어떻게 말해야 할지를 결정 내렸다.

"실수가 아니라 무례였지요."

"무례라 하시면?"

"제가 남궁 각주를 조사하라고 명령을 내렸습니다."

"아, 그런 일이 있으셨소?"

여전히 남궁정은 모른 척 반응했다. 알아도 모른 척, 그것은 당연했다. 만약 그가 알고 있었다고 한다면 설수린을 체포한 것이 정치적 보복이 되기 때문이었다.

"미리 말씀을 드렸어야 했는데, 사안이 중요해서 미처 알리지 못했습니다. 죄송합니다."

제갈명이 살짝 고개를 숙였다. 그가 할 수 있는 최대한의 성의였다.

제갈명이 이렇게까지 허심탄회하게 사과를 해 온 것이 의외였는지 남궁정의 표정이 조금 풀렸다.

"대체 무슨 일이기에 내 뒷조사를 한 것이오?"

제갈명은 남궁정을 빤히 응시했다. 남궁정도 평생을 강호에서 구른 사람이었다. 그런 그의 속내를 표정이나 눈빛으로 읽어 내는 것은 불가능했다.

그래서 최종적으로 제갈명이 내린 결론은 '정면 돌파'였다.

"이화운에 대한 정보가 샜소."

순간 남궁정의 두 눈에 힘이 들어갔다. 제갈명은 그 표정 변화를 놓치지 않았다. 분명 그는 자신의 말에 놀랐다. 물론 그조차 연기일 수도 있겠지만.

"그래서 나를 의심한 것이오?"

"그렇소."

남궁정의 한쪽 볼이 꿈틀하는 순간, 제갈명은 재빨리 말했다.

"하지만 그 의심의 대상은 그날 있었던 모두에게 해당하오. 심지어는 맹주님까지도!"

그 말에 남궁정은 흠칫 놀랐다.

"물론 맹주님을 직접 조사한 것은 아니오. 다만 원칙적으로 맹주님도 그 용의 선상에 있다는 말씀이오."

제갈명은 이번 일이 사적인 의심이 아니라 공적인 조사임을 강조했다. 다행히 그런 제갈명의 의도가 먹혔는지 남궁정의 날 선 마음은 조금 풀린 듯 보였다.

사실 그에게 모든 것을 말해 준 것은 승부수였다.

어차피 그가 적이라면 이 사실은 알고 있을 것이고, 적이 아니라면 그 적을 상대하기 위해 반드시 알려야 할 아군인 것이다.

제갈명은 내심 그가 적이 아니길 간절히 바랐다.

전각이 적으로 돌아섰을 때의 피해는 생각만 해도 머리가 지끈거릴 정도이니까.

"그래서 다른 쪽은? 유력한 곳이 있소?"

"아직 조사 중이오."

두 사람의 시선이 다시 허공에서 얽혔다.

제갈명이 할 수 있는 최선이었다. 이렇게까지 했는데도 화를 풀지 않는다면, 이쪽에서도 실력 행사를 해야 했다.

좀 치사한 방법이지만, 여러 가지 방법이 있었다. 비영단을 통해 전각으로 들어가는 정보들은 늦어질 것이고, 감사단에 압박을 넣어 전각에 대한 감사가 강화될 것이다.

지금까지 전각이었기에 당연시 누려 왔던 여러 혜택이 이제는 까다로운 절차를 거쳐야 얻을 수 있게 되는 것이다.

그들이 아무리 강한 힘을 지녔다 하더라도, 지금은 전시 상황이 아니라 평화기였으니까. 원칙을 앞세워 압박하면 그들도 분명 피곤해질 터였다.

분명 남궁정도 그 정도는 예상하고 있을 것이다.

남궁정은 처음 제갈명을 맞이했을 때보다 훨씬 부드러운 표정을 지으며 말했다.

"오해가 있었다면 풀어야지요. 혹시 잘못 잡혀 온 사람이 있다면 풀려나듯이 말이지요."

"과연 시원시원하신 성격이십니다."

"하하하, 별말씀을요."

"자, 용무가 바빠 그럼 전 이만. 다음에 뵙겠소이다."

"살펴가시오."

제갈명은 가벼운 마음으로 집무실을 나왔다. 다행히 이야기가 잘 풀린 것이다. 전각에서는 착오가 있었다며 외부에 발표할 것이고 세 사람을 곧장 풀어 줄 것이다.

물론 그에 대한 별도의 사과나 보상은 없을 것이다. 그게 전각이었다. 남들이 어떻게 생각하든 말든 신경 쓰지 않는.

제갈명은 그런 자부심이 절대 나쁘다고 생각하지 않았다. 그 자부심이 무림맹을 지키고, 나아가 이 강호를 지켜 나가는 것이니까.

일반 무인에게 전각에 들어가고 싶은 향상심(向上心)을 자극하니까.

전각의 연무장을 가로질러 걸어가던 제갈명은 문득 발걸음을 멈추었다.

"어쨌든 그가 누설한 것이 아니라면?"

내부에서 누출된 것이 아니란 결론이 나온다.

무림맹주 천무광, 맹주의 호위무인 신충, 자신, 백룡단주 배구척, 전각주 남궁정.

그들에게 배신의 동기나, 흔적을 전혀 찾을 수 없다.

하지만 그렇다고 외부에서 누출되었을 것 같지도 않았다.

천기자는 이번 일이 얼마나 중요한지 잘 안다. 그가 이 일을 누설하지 않았을 터. 그렇다면 어떻게 외부에서 이번 예언을 알 수 있단 말인가?

  '그렇다면 대체 어디서 비밀이 흘러 나간 것이고, 또 그들은 누구란 말인가?'

  아직은 알 수 없는 일이었다.

  그의 복잡한 마음을 아는지 모르는지 화창한 하늘을 누비는 이름 모를 새들은 더없이 자유로워 보였다.

             *   *   *

  반 시진 후, 이화운을 비롯한 세 사람은 전격적으로 석방되었다. 사실 석방이란 말을 쓰기에도 미안할 정도로 갇혀 있었던 시간은 너무 짧았다.

  입구까지 따라 나온 임소빙이 싸늘히 말했다.

  "운이 좋군요."

  "저에 대한 소문이 사실인가 보네요."

  설수린의 대답에 임소빙은 차갑게 웃었다.

  "본각을 우습게 보다간 후회하게 될 거예요."

  "비밀 임무니 뭐니 하면서 우릴 붙잡아 온 쪽은 그쪽이에요. 그러니 당신들이야말로 조심하세요. 전각만 믿고 설쳐 대다간 후회할 날이 올 테니까."

  대답을 듣지 않고 설수린이 돌아섰다.

함께 걸어가며 전호가 멋지다며 엄지를 치켜들었다. 하지만 뒤에 있는 임소빙이 보지 못하도록 몸으로 가린 채였다.
"당당히 안 하고, 왜 감춰?"
"저까지 찍힐 필요는 없잖아요?"
설수린은 전호가 내민 엄지의 손톱을 꽉 잡았다.
"이게 누구 때문에 여기 붙어 있는지를 잊었어?"
"지난 일은 잊자고요."
슬그머니 손가락을 빼며 전호가 히죽 웃자, 그녀도 피식 웃고 말았다.
"어쨌든 무사히 나왔으니 됐다."
그때 뒤에서 누군가 뛰어왔다.
돌아보니 원길이 어색한 표정으로 서 있었다.
"왜? 다시 데려가서 혀라도 뽑게?"
"아닙니다!"
"그럼 왜?"
"그게…… 잘 가시라고요."
원길은 설수린의 말을 반신반의하며 고민하고 있던 차에 그들을 석방하란 명령을 받았다.
그 순간 간담이 서늘해지며 설수린이 했던 말이 모두 사실이란 생각이 들었다. 그게 아니라면 사파의 세작 혐의를 받은 자들을 이렇게 빨리 석방할 리가 없었던 것이다.
설수린이 가까이 오라고 손가락을 까닥거리자, 원길이 쭈뼛쭈뼛 다가왔다.

설수린은 그의 귓가에 나직이 말했다.

"앞으로 지켜보겠어."

"……!"

"사람들 괴롭히면 어떻게 될지 알지?"

"물, 물론입니다."

"착하게 살아."

"네."

"어찌 되는지 소문 한번 내어 보든지."

"절대 그럴 일은 없을 겁니다!"

설수린은 그의 볼을 아프게 꼬집었다. 눈물이 날 듯 아팠지만 원길은 오히려 미소를 지었다.

그가 모두에게 꾸벅 인사했다.

"제가 큰 오해를 했습니다. 부디 용서해 주시기를."

그렇게 세 사람이 전각을 걸어 나오는데, 뒤에서 한바탕 소란이 일었다.

돌아보니 저 멀리서 임소빙에게 원길이 두들겨 맞고 있었.

그녀는 설수린에게 빌빌 기는 원길의 행동을 모두 다 지켜보고 있었던 것이다. 어지간하면 설수린 일행이 가고 나서 팼을 텐데, 하도 화가 나서 참지 못한 것이다.

설수린과 전호가 기분 좋게 웃었다.

"하하하."

더 혼이 나야 할 놈이었다. 이번 일로 그의 나쁜 성격이 고쳐지지는 않겠지만, 그래도 고삐 풀린 망아지처럼 설쳐 대진 못할 것이다.

"고생들 했네."

입구에서 제갈명이 기다리고 있었다.

"오, 마중까지 나와 주시고. 감격인데요?"

"당연히 와야지."

그녀는 진심을 담아 고개를 숙였다.

"감사해요."

한마디 생색을 낼 법도 했지만 제갈명은 그저 그녀를 보며 미소를 지을 뿐이었다.

분명 자신들을 꺼내 주는 일이 쉽지만은 않았을 것이다. 하지만 제갈명은 자신의 믿음을 저버리지 않았다.

강호를 살면서 설수린은 깨달은 것이 있었다.

관계의 시작도 믿음이지만, 그 끝도 결국은 믿음이란 것을.

제갈명은 이화운에게 정중히 말했다.

"고생하셨소."

"아닙니다."

설수린은 고양이 눈을 뜨고는 입을 삐죽 내밀었다.

"대상이 틀렸다고요. 손톱 빠질 뻔한 쪽은 이쪽이라고요."

전호가 슬쩍 자신의 손가락을 들었다.

"더 정확히는 이 손톱이지요."

설수린은 이화운의 흉내를 냈다.

"저 사람이 한 것은 이 한마디뿐이라고요. 건들면 죽어."

대충 상황을 짐작한 제갈명이 껄껄 웃었다. 그는 설수린을 보며 미묘한 미소를 지었다.

"둘이 꽤 친해졌나 보군."

이화운과 설수린, 둘 사이에 어떤 유대감이 느껴졌다. 오랫동안 설수린을 지켜봤기에 그녀에 대해서 누구보다 잘 아는 그였다. 그녀가 저렇게 편하게 농담을 던지는 상대는 수하들을 제외하고는 처음이었다.

반면 설수린은 눈을 동그랗게 떴다.

"설마요?"

그리고 그 순간 그녀는 친하다는 말이 낯설게 다가왔다.

정말 그와 친해진 것일까? 친하다는 표현을 써도 될까? 과연 그는 나와 친하다고 생각하고 있을까?

잠깐 마음이 복잡했지만 이내 그녀는 한 가지 결론으로 그런 상념들을 몰아냈다.

친하면 어떻고 원수면 어떠하랴? 어차피 이제 두 번 다시 못 볼 사이인데.

이제 바쁜 일상으로 돌아가야 할 순간이다.

"자, 저흰 가서 술독에 빠질 테니까. 두 분께서 이 강호를 지켜 주세요! 임무 끝!"

그녀의 말에 전호가 신나서 소리쳤다.

"코가 삐뚤어지고 손톱이 빠지도록 마시자고요!"

그때 제갈명이 전호에게 말했다.

"우선 자네가 먼저 이 공자를 숙소로 모시지. 난 잠시 설 대주와 할 이야기가 있네."

"알겠습니다."

전호가 이화운을 데리고 먼저 그곳을 떠났고 이화운은 군말 없이 그 뒤를 따랐다.

설수린은 왠지 그에게 미안하다는 생각이 들었다.

산에서 사냥하고 약초를 캐며 멋진 성에서 유유자적하며 살던 사람이었다.

하지만 무림맹으로 출발한 후, 그야말로 고난의 연속이었다. 연속해서 몇 차례나 공격을 당하고 기습이 끝났다 싶으면 전각 무인들에게 체포당하고, 낯부끄러운 호송 마차에 실려 가다 고문실에까지 끌려갔다.

크게 화를 낼 법도 한데, 그는 짜증 한 번 내지 않았다. 마치 모든 것을 포용하는 바다처럼.

하지만 설수린은 안다. 바다가 한 번 화가 나면 얼마나 무서운지를. 이화운과 전호가 완전히 시야에서 사라지자 비로소 제갈명은 그녀에게 따뜻하게 말했다.

"고생했지?"

"거의 죽을 뻔했죠."

"아직 호북의 이화운에게선 소식이 없다."

"거기에는 누가 갔죠?"

"비격대주 담형, 그는 이미 시체로 발견되었다."

설수린의 표정이 굳었다. 누군지 몰라도 세 명의 이화운을 모두 노리고 공격을 가한 것이다. 놈들은 상대가 무림맹인 줄 알면서도 일을 벌였다. 그만큼 제힘에 자신이 있다는 뜻이다.

"그도…… 죽었겠군요."

강호를 구할 세 이화운 중의 하나가 죽은 것이다.

"확실한 것은 아니다. 아직 그의 시체를 발견하지 못했으니까. 일단 그의 행방을 계속 찾고 있으니 곧 소식이 오겠지."

설수린은 진지한 눈빛으로 물었다.

"두 사람 중에 어느 쪽 같아요?"

누가 강호를 구할 것 같은지를 물은 것이다. 분명 짧은 시간의 마주침이었지만, 제갈명은 상대에 대해 많은 것을 파악했을 것이다.

"글쎄……."

제갈명은 말꼬리를 흐렸다.

"조금 더 지켜봐야겠지."

"어쨌든 전 이제 신화대로 복귀하겠습니다."

"잠깐! 아직 해 줘야 할 일이 남았어."

듣기도 전에 설수린은 펄쩍 뛰었다.

"아! 이거 왜 이러십니까? 안 됩니다, 안 된다고요!"

"무슨 일인지부터 들어 봐야지."

"무조건 싫어요! 저도 좀 쉬게 해 주셔야죠."

"참, 이번에 완수한 임무에 대해 특별 수당이 나올 텐데."

설수린은 황당하고 어이없다는 표정을 지었다.

"그걸 하필 왜 지금 말하세요? 격조 없이."

"그냥 갑자기 생각이 나서."

"……."

"……."

"수당은 얼마나요?"

"그게 내가 정하기 나름인데……."

"비영단 이름 바꿀 때 안 됐나요? 딱 어울리는 이름이 하나 있는데. 악마단, 어때요? 악마 단주님!"

그녀의 말에 제갈명은 껄껄 웃었다. 다른 사람에게는 절대 들을 수 없는 이런 말들, 그래서 그녀를 좋아한다.

그녀는 포기한 표정으로 물었다.

"그래, 새 임무가 뭐죠?"

"별것은 아니고. 당분간 데려온 이화운이 이곳에 잘 적응할 때까지 돌봐 주도록. 바로 옆에 숙소를 마련해 줄 테니."

이화운을 돌봐 주란 말에 그녀는 잠시 멍해졌다. 생각지도 못한 임무였던 것이다.

"싫나?"

"아뇨, 싫은 것은 아니지만……."

솔직히 이화운과 관련된 일이라니까 그리 싫은 기분은 안 들었다. 조금 전까지만 해도 만사가 귀찮았는데.

이내 그녀는 자신의 속내를 들켰을까 싶어서 재빨리 말했다.

"당연히 싫죠! 겨우 살아서 돌아왔는데, 또 임무라니요?"

평소보다 자주 눈을 깜박대는 그녀를 보며 제갈명은 피식 웃었다.

"자, 그럼 부탁하네."

돌아서 걸어가는 제갈명을 향해 설수린은 크게 말했다.

"앱니까? 돌봐 주게."

그리고 말이죠, 그 사람 보살피는 것, 그거 별일 아닌 게 아니라고요!

第三章
전각풍운

天下第一

天下第一

    이화운이 묵을 숙소는 무림맹 외원에 마련되었다.
    맹을 지키는 수호대의 무인들이 특별히 파견되어 주위 경계를 섰다.
    워낙 많은 사람이 오가는 곳이 무림맹이었다.
    그들은 주 임무가 본래 귀빈들의 호위 임무였기에 이화운이 누군지에 대해서 특별히 궁금해하지는 않았다. 언제나 있는 무림맹의 귀빈 쯤으로 생각했다.
    물론 숙소에 배치된 두 시비는 달랐다.
    이화운을 보며 그녀들은 홍조를 띤 채 들뜬 마음을 감추지 못했다.
    "시키실 일이 있으시면 언제든지 말씀하세요."
    "그러지요."

이화운은 그녀들을 공손히 대했다.

때마침 그곳에 도착한 설수린은 그녀들이 방을 나와서 하는 말을 들었다.

"아! 저 공자님! 잘생긴 데다 성격까지 좋아!"

"나 쓰러질 것 같아! 그 피부 봤어? 아기 피부처럼 맑았어."

"게다가 친절하시기까지. 아! 좋아, 너무 좋아."

재잘거리며 지나치는 그녀들을 보며 설수린은 고개를 내저었다.

이것들아, 사내 외모만 보다 신세 버려! 하긴 저 나이 때야 나쁜 남자인 줄 뻔히 알면서도 빠져들지. 좋을 때다. 불나방이면 어떠리!

그녀가 방으로 들어섰을 때, 이화운은 짐을 풀고 있었다.

숙소는 깨끗이 청소되어 있었다. 먼지 한 점 없는 가구는 윤이 났고 바닥은 반짝반짝했으며 침상의 이불보도 새것이었다. 특별히 신경 쓴 흔적이 곳곳에 엿보였다.

"어때요? 방은 마음에 들어요?"

이화운은 고개를 끄덕이며 물었다.

"여긴 웬일이야?"

"도울 일 있으면 도와 주려고 왔죠."

"괜찮으니까 돌아가도록."

이화운의 퉁명스러운 반응에 설수린은 눈을 가늘게 떴다.

"제게 왜 그러는 거죠?"

"뭐가?"

"왜 이리 불친절하냐고요? 시비에게도 그렇게 친절하신 분이."

그러고 보니 창룡무관의 소하에게도 친절했다.

"내가 그쪽에게 친절해야 할 이유라도 있나?"

"그건 아니지만요."

그의 말처럼 내게 친절할 이유는 없다. 하지만 좀 친해졌다 싶으면 저렇게 차가운 말로 정떨어지게 한다.

이화운은 묵묵히 자신의 짐을 챙겼다. 짐에서 속옷과 무복 따위의 옷가지를 꺼내 한옆의 옷장에 챙겨 넣었다.

말린 약초가 든 주머니들은 그 아래 칸에 넣었고, 몇 가지 약병이 든 가죽 주머니는 자신의 품에 넣어서 보관했다.

활과 화살도 한옆에 세워서 보관했다.

그리고 난 후 이화운은 비수를 꺼내 마룻바닥을 뜯었다. 위치는 방문 바로 앞, 첫발을 딛고 들어서는 곳이었다. 그 아래에 천으로 싸인 검을 넣고 다시 나무판을 덮었다.

능숙한 마무리에 그곳을 뜯었던 표가 나지 않았다. 아무도 그곳에 검이 있다는 것을 알지 못할 것 같았다.

더구나 무엇인가를 숨기는 장소가 바닥, 그것도 바로 입구일 거라고 그 누가 생각하겠는가.

이 사람은 애초에 우리와 생각하는 것 자체가 달라.

"전처럼 침상 아래에 그냥 던져두지 그래요?"

"위험한 물건이야."

"오두막에서는 왜 그렇게 허술하게 보관했죠?"

"거기에는 강호인이 올 일이 없었으니까."

"무슨 뜻이죠?"

"일반인은 만져도 괜찮아. 하지만 내공이 있는 사람은 만지면 위험해."

"아!"

그러고 보니 그녀가 전에 검을 들었을 때, 무엇인가 홀리는 기분이 들었던 것이 기억났다.

"그거 당신 검이죠?"

이화운이 그녀를 쳐다보았다. 그녀는 진지하게 묻고 있었다.

이화운이 고개를 끄덕였다.

"그래, 내 검이다."

"아! 역시."

그의 검일 것으로 생각했다. 어디서 저런 대단한 검을 구한 것일까?

그때 문득 그에게 고맙다는 생각이 들었다. 비록 친절하진 않았지만, 지금까지 그는 자신에게 솔직했다. 애초에 아예 말을 안 꺼내면 모를까, 일단 꺼낸 말은 모두 진실이었다.

"고마워요."

"뭐가?"

"솔직하게 대답해 줘서요."

그래, 누군가에게 친절하기는 쉽다. 친절한 것보다 훨씬 더 어렵고 힘든 일은 진실하게 대하는 것이다.

짐 정리를 마친 이화운은 밖으로 나갔다.

"어디 가요?"

"바람 쐬러."

설수린은 그 뒤를 따라나섰다.

"왜 따라와?"

"쉬지도 말고 당신 수행하라네요."

"그럴 필요 없다. 가서 쉬어."

"저도 그러고 싶지만 명령이라서. 전 당신처럼 부자가 아니잖아요. 어디 돈 벌어먹기 쉽나요?"

물론 상대가 이 사람이 아니라면 정말 짜증스럽고 피곤한 명령이었을 것이다.

하지만 지금 이 사람과 이렇게 나란히 걸어가고 있는 이 순간이 그렇게 나쁘지는 않았다.

정문을 지키던 위사들은 그가 맹을 나가도 만류하지 않았다. 그에게 출입의 자유를 주라는 명령이 내려온 모양이었다. 대신 한 가지는 당부했다.

"다만 자정 전에는 돌아와 주시기를."

잠만큼은 무림맹에 돌아와서 자라는 뜻이었다. 이화운은 순순히 대답했다.

"그러겠소."

두 사람이 저잣거리로 나섰다. 무림맹 본단이 있는 이곳은 아주 번화했다. 얼마나 많은 사람이 오가는가 하면 중심 대로에 객잔만 아홉 개가 있었다.

하지만 그럼에도 이곳은 중원에서 가장 치안이 좋은 곳에 속했다.

"오랜만에 돌아오니까, 좋네요."

"무림맹에는 어렸을 때 들어왔다고 했지?"

"어떻게 아셨죠?"

"전에 말했잖아."

아, 그랬다. 이화운을 맹으로 데려오기 위해 오두막집에서 신파를 떨 때.

용케, 그걸 다 기억하고 있었네.

"아홉 살 때였죠."

"그랬군."

"그때 제갈 단주님을 만나지 못했다면……."

삶은 지금보다 훨씬 험난했을 것이다.

정말 사람의 운명이란 알 수 없는 것이란 생각이 든다.

그날 제갈명은 우연히 그곳을 지나가던 중이었다. 인연이 되려니 하급 무인을 선발하는 곳에 서 있던 자신이 그의 눈에 띈 것이다.

"근데 우리 어디 가요?"

"그냥 좀 걷다 들어가지."

혹시 어디 갈 때가 있을까 했는데 말 그대로 이화운은 거리를 거닐었다.

그와 어깨를 나란히 하고 함께 걸었다.

좌우로 상가가 길게 늘어선 저잣거리에는 행인들이 많았다. 고함을 지르며 호객하는 상인, 가판 앞에서 값을 깎는 여인, 채소를 가득 실은 수레를 밀고 가는 청년, 아이 손을 잡고 걸어가는 젊은 부부, 검을 차고 걸어가는 무인들.

설수린은 이곳에 나오면 왠지 기분이 좋아졌다. 다들 저마다 열심히 살고 있다는 생각과 함께 자신도 기운이 나는 것이다.

어려서부터 무림맹 생활을 하면서 그녀도 힘든 시기를 거쳤다.

때론 방황도 했고, 절망도 했으며 좌절도 했다. 어떤 때는 무기력증에 빠지기도 했다.

그리고 언제나 그것을 응징하는 것은 시간이었다.

훌쩍 지나가 버린 시간.

덤으로 그때 왜 그랬을까 하는 뼈아픈 후회까지.

그래서 그녀가 결심한 것이 있다.

좌절할 수도 있고, 방황할 수도 있다. 일 안 하고 놀 수도 있다.

대신 짧게 하자. 최대한 짧게 방황하자. 최대한 짧게 절망하자. 최대한 짧게…….

이것이 그녀의 결심이었다.

상념에 빠져 걸음을 옮기던 그녀는 옆에 이화운이 없음을 깨달았다. 고개를 돌리자 이화운은 십여 걸음 뒤에 서 있었다.

그는 길 건너편에 있는 사람들을 쳐다보고 있었다.

별다른 광경은 아니었다. 길가에 서서 무인들 몇이 웃고 떠들고 있었다.

순간 설수린은 알 수 있었다.

이화운은 지금 저 사람들을 보고 있는 것이 아니란 것을. 그 사람들 위로 다른 얼굴들이 겹쳐져 있음을.

그도 저렇게 웃고 떠들던 시절이 있었던 것일까?

지금 이 순간 그가 추억하고 있는 것을 보고 싶다는 생각이 들었다. 하지만 장면은 보이지 않았다.

쓸모없는 재능 같으니라고!

그녀는 잠시 그 자리에서 이화운이 상념에서 벗어나기를 기다렸다.

아련한 그의 눈빛을 볼 때, 왠지 나쁘지 않은 추억일 것 같았다. 그래서 꽤 오랜 시간 기다려 줄 용의도 있었다.

잠시 후 길에 서 있던 무인들은 그곳을 떠났고, 이화운도 다시 걸음을 옮겼다.

두 사람은 다시 어깨를 나란히 하고 걸었다. 그녀는 무슨 생각을 했느냐고 묻지 않았다. 때론 혼자만 추억하고 싶은 일들이 있는 법이니까.

마침 지나가던 신화대 수하 몇이 큰소리로 인사를 해왔다.

"대주님! 복귀 환영합니다!"

"나 없다고 농땡이 안 쳤지?"

"하하, 그럼요."

그들 중 장난치길 좋아하는 사내가 이화운과 설수린을 번갈아 보며 음흉하게 웃었다.

"그림 좋은데요?"

놈의 장난에 설수린은 기분 좋게 맞장구를 쳤다.

"그림 속의 미녀만 좋겠지."

녀석들이 껄껄 웃었다.

"두 분 잘 어울립니다."

수하들의 너스레에 그녀는 피식 웃고 말았다.

그들과 지나쳐 걸어가던 그녀가 힐끗 이화운을 쳐다보았다.

그런데 정말 잘 어울려? 이 사람과?

* * *

설수린의 숙소는 이화운의 숙소에서 멀지 않은 곳에 있었다.
"이런 차별이라니!"
자신의 숙소에 들어선 그녀의 첫마디였다.
그녀가 머물 방은 이화운의 방에 비해 비좁고 지저분했는데, 한마디로 싸구려 객잔 방 같았다. 조금 전 이화운을 숙소까지 바래다주고 오는 길이었다. 시비들이 탁자에 꽃까지 올려다 둔 것을 보고 온 길이었다.
"시비까지는 바라지도 않는다고!"
혼잣말처럼 투덜대고 있는데 뒤에서 누군가 말했다.
"이미 이렇게 있으니까요."
돌아보니 전호가 들어서고 있었다.
"대주까지는 이곳에서 묵는답니다. 단주급부터 한 단계 위의 더 좋은 방이 제공되고요."
전호는 손에 걸레를 들고 있었다.
"오랫동안 비워 둬서 먼지가 장난이 아니에요."
"차라리 전각의 고문실이 더 깨끗했다."
"이것도 대충 한 번 치운 거라고요."
설수린은 한옆에 놓인 침상에 벌러덩 드러누웠다.
"거기부터 누울 줄 알고 침상부터 치웠지요."
"과연 내 오른팔답다."
전호가 걸레로 탁자며 장식장이며 먼지를 닦아내기 시작했다.
그녀는 언제나 전호에게 고마웠다. 특히 이럴 때 보면 천상 오라비처럼 챙겨주는 그다.

괜히 미안한 마음이 들어 설수린은 목청을 높였다.

"어휴, 출세해야지. 내 단주되고야 만다."

"그냥 대주로 끝내세요."

"무슨 악담이야?"

"단주 하시려면 우리 신화대를 떠나셔야 하잖아요?"

"그래서 우리가 헤어질까 봐?"

"네."

"바보냐? 널 데리고 부임하면 되지."

"그게 어디 말처럼 쉽나요?"

하긴 쉽지 않은 일이다. 단주쯤 되면 그 권한으로 수하 한 명쯤은 데려갈 수도 있을 것이다.

하지만 문제는 가서였다. 전호를 새로운 조직의 부단주로 삼거나, 그곳의 대주로 삼기는 쉽지 않은 일이었다. 기존 조직의 체계가 있으니까. 굴러 들어온 돌이 박힌 돌을 빼내고 자리를 차지한다면, 결국, 가장 큰 피해를 받는 것은 전호일 것이다.

그는 새로운 조직에서 겉돌게 될 것이고, 그건 목숨과도 직결되는 위험이었다. 물론 자신 역시 적응이 쉽지 않을 것이고.

그렇다고 평무인으로 두는 것도 문제였다. 단주가 매번 평무인과 어울릴 수는 없는 노릇이니까.

"그래, 대주나 잘리지 않고 잘해야겠다."

"암요, 청소야 하면 되죠."

대충 걸레질을 마무리한 전호가 밖으로 나가며 말했다.

"우리 대주님, 단주는 못 되어도 배필은 만나셔야 하는데."

"그런 말 들으면 어떤 기분 드는지 모르지?"

"어떤 기분 드는데요?"

설수린이 벽 쪽으로 돌아누우며 말했다.

"짝 있는 것들에게 들으면 짜증 나고, 없는 것들에게 들으면 황당해."

전호가 낄낄 웃으며 방을 나갔다.

"쉬세요."

"그래, 너도 쉬어."

"참, 그리고 말이죠. 혹시라도 맹주님 뵈면요."

전호가 짐짓 맹주 흉내를 내며 목소리를 깔았다.

"설 대주. 이번에 큰일을 해냈네. 자, 이번 일의 보상으로 상을 내리지. 천 냥이네. 함께 데려갔던 수하와 반씩 나누게. 대주라고 더 갖지 말고 똑같이 반으로!"

돌아누운 채 설수린이 맹주 흉내를 냈다.

"설 대주. 이번에 큰일을 해냈네. 그리고 이번에 나쁜 소문에 시달렸다지? 그러니 이 돈은 혼자 쓰도록 하게. 함께 데려갔던 수하에게는 한 푼도 주지 말게. 기루에 가서 흥청망청 다 써 버릴 테니까."

"아! 안 돼요!"

전호는 짐짓 괴롭다는 듯 머리를 움켜쥐었다.

설수린은 웃으며 말했다.

"복귀도 했는데 낼 진하게 한잔하자."

"좋지요."

그녀는 오랜만에 단잠에 푹 빠져들었다.

*　　*　　*

"네 아버지를 꼭 찾아라."

어머니께서 돌아가시기 직전 남기신 말씀이었다.

그래, 아홉 살 난 딸에게 당신이 해 주실 수 있는 유일한 말씀이셨을 것이다.

"네."

그 어린 나이에도 그렇다고 대답해야 어머니가 편안하게 가실 것으로 생각했다. 그런 생각을 했던 것이 또렷이 기억난다.

그때의 난 슬프기보다는 겁이 났다.

아버지를 찾을 생각은 전혀 없었으니까. 앞으로 어떻게 살아가야 할지 두려웠다.

어머니가 돌아가시고 이웃들이 장례를 치러 줬다. 평소 어머니와 친하셨던 이웃 아주머니가 함께 살자고 말씀하셨다.

자식이 다섯이나 되는 가난한 집이었다. 그녀 뒤에 늘어선 다섯 아이의 눈빛 어디에도 환영의 뜻은 담겨 있지 않았다.

과연 저 아이들 사이에서 행복할 수 있을까?

나는 그 어린 나이에도 아니란 것을 알았다.

이튿날 새벽, 도망치듯 마을을 빠져나왔다.

그날의 하늘도 지금처럼 저러했다.

잠에서 깬 설수린은 창문에 늘어진 휘장 사이로 새벽하늘을 말없이 올려다보고 있었다.

어머니가 돌아가시던 날의 꿈은 심란할 때면 한 번씩 꾸었다.

이 꿈을 꾼 날이면 꼭 안 좋은 일이 생기는데.

그때 밖에서 누군가 달려오는 소리가 들렸다. 곧이어 들려온 목소리의 주인공은 전호였다.

"대주님!"

자신을 부르는 목소리가 심상치 않았다. 그녀는 재빨리 침상에서 내려오며 겉옷을 입었다.

"들어와!"

문을 와락 열며 전호는 다급히 안으로 들어왔다.

"큰일 났습니다."

"아침부터 왜 이 난리야?"

전호가 심각한 얼굴로 소리쳤다.

"갑호령(甲號令)이 내렸습니다."

갑호령은 무림맹에서 내려지는 비상 중 가장 위급한 상황에서 내려지는 비상이었다.

"대체 무슨 일인데?"

전호가 떨리는 목소리로 나직이 말했다.

"전각주가 죽었습니다."

뭐라고?

　　　　　*　　*　　*

천무광과 제갈명이 전각으로 들어서고 있었다.

두 사람의 표정은 딱딱하게 굳어 있었다. 특히 천무광의 눈빛에는 평소답지 않은 차가움이 가득했다.

건물 입구에서 두 사람을 맞은 것은 부각주 적영(赤暎)이었다. 긴 턱에 광대가 튀어나온 그는 콧수염을 기르고 있었다. 비록 호감형의 얼굴은 아니었지만, 그는 부각주의 역할을 잘 수행해 오고 있었다.

"어서 오십시오. 맹주님."

적영의 인사에 뒤에 늘어서 있던 대주들이 일제히 허리를 굽혔다.

천무광은 고개를 한 번 까닥하며 나직이 말했다.

"안내하게."

"이쪽입니다."

적영이 두 사람을 안내한 곳은 전각주 남궁정의 연공실이었다.

연공실로 천무광과 제갈명이 들어섰다. 적영은 문밖에서 기다렸다.

연공실 가운데 남궁정의 시체가 쓰러져 있었다. 그는 하루도 빠짐없이 무공 수련을 하면서 철저한 자기 관리를 하던 사람이었다.

그리고 오늘 새벽, 이곳에서 시체로 발견된 것이다.

천무광은 시체를 내려다보며 이를 바드득 갈았다.

"빌어먹을!"

쇄애애애애애액!

콰아아앙!

천무광이 내지른 주먹에 저 멀리 세워진 무공 수련용 나무 기둥이 산산조각으로 박살 났다.

아무리 화가 나도 하지 않던 행동이었다. 그것만 봐도 지금 천무광이 얼마나 화가 났는지를 알 수 있었다.

그때 황노(黃老)가 그곳에 도착했다. 그는 바로 무림맹에 속한 의원으로 평생을 검시(檢屍)만을 하며 살아온 인물이었다. 맹주에게 인사를 건네기도 전에 제갈명은 그를 재촉했다.

"어서 살펴 주시오."

숨 고를 겨를도 없이 황노가 검시를 시작했다. 그는 살아생전 자신이 전각주의 시체를 검시하게 될 줄은 상상도 하지 못했다. 자연 시체를 살피는 손길이 떨렸다.

제갈명은 옆에서 창밖을 응시하고 있는 천무광에게 다가갔다.

천무광은 여전히 화난 상태였다. 그는 남궁정이 살해당한 것이 확실하다고 믿고 있는 듯 보였다. 사실 그것은 제갈명도 마찬가지였다.

처음 그 소식을 들었을 때, 제갈명은 그가 주화입마(走火入魔)에 빠져 죽었을 가능성도 염두에 두었다. 주화입마란 운기조식을 하다가 기혈이 얽혀 위험에 빠지는 일을 말한다. 시기적으로 미심쩍지만, 세상일이란 것이 그럴 수도 있는 법이니까.

하지만 이곳에 들어와서 시체를 보는 순간 느낄 수 있었다. 그는 살해당했다고.

자신이 느낀 것을 천무광이 못 느꼈을 리가 없다.

잠시 후 황노가 조심스럽게 말했다.

"타살이 확실합니다."

그의 말에 천무광은 어금니를 꽉 깨물었다.

전각주를 죽인 것은 곧 자신에 대한 명백한 도전이었다.

제갈명이 가볍게 한숨을 내쉬었다. 예상한 일이지만 막상 듣고 나

니 가슴이 답답해져 왔다.

무림맹 최정예 조직의 수장이 누군가에게 살해당했다는 보고를 듣는 순간이었다. 그것도 무림맹 깊숙이 위치한 전각의, 그것도 아무나 접근할 수 없는 그 자신의 개인 연공실에서.

정말이지 욕이라도 한마디 내뱉고 싶은 심정을 애써 참으며 제갈명은 침착하게 물었다

"사인은 무엇이오?"

"두 가지입니다. 우선 첫 번째로 독에 중독되었습니다."

"어떤 독이오?"

"무형지독(無形之毒)입니다."

무형지독은 맛도, 냄새도 없는 극독으로 독 중에서 가장 위험한 독으로 분류된 독이었다.

황노의 입에서 독이란 말이 나왔을 때, 제갈명이 가장 먼저 떠올린 독이었다. 남궁정을 죽이려면 그 정도는 되어야 하지 않을까 하는 생각.

하지만 무형지독은 구하기도 어려울뿐더러, 그 사용도 쉽지 않았다.

"무형지독 중에서 급성독(急性毒)에 속한 종류입니다."

같은 독이라도 여러 종류가 있었다. 천천히 조금씩 중독시켜서 사람을 말려 죽이는 만성독(晩成毒)이 있는가 하면, 급성독처럼 하독하는 순간 즉각적으로 효과를 발휘하는 독이 있었다.

"무형지독에 중독된 상태에서 복부에 일장을 맞았습니다."

그랬다면 남궁정이라 할지라도 버텨 내지 못했을 것이다.

이제 사인은 밝혀졌다.

남은 문제는 누가 어떻게 이곳까지 침입했느냐였다.

"어떤 무공인지는 모르겠소?"

"특징을 남기지 않았습니다."

"알겠소."

창밖을 바라보며 둘의 대화를 듣고만 있던 천무광은 더 들을 것도 없다는 듯 성큼성큼 그곳을 걸어 나갔다. 제갈명이 황급히 그 뒤를 따라 걸었다.

문밖 복도에는 부각주 적영을 비롯해 멀리 작전을 나가 있는 대주들을 제외한 전각의 서른여섯 대주들이 모두 모여 있었다.

복도 양옆으로 늘어서 있는 그들이 고개를 숙여 예를 표했다. 슬픔과 분노가 흐르는 그곳을 천무광은 말없이 걸어서 나갔다.

제갈명은 적영에게 나직이 말했다.

"흉수가 어떻게 이곳까지 침입했는지 철저히 조사한 후 보고하시오."

분명 질책이 담긴 말이었다. 하지만 경계망이 뚫린 이상, 적영의 입장에서는 입이 열 개라도 할 말이 없었다.

"알겠습니다."

두 사람이 떠나자 적영의 눈에서 불꽃이 일었다. 전각주가 살해당한 것은 그들 모두에게 충격이었다.

특히 적영은 이번 일로 전각의 명예가 땅바닥에 떨어질 것을 걱정했다.

"각주님을 해친 놈은 반드시 우리 손으로 잡아야 한다."

대주들은 비장한 표정으로 일제히 고개를 끄덕였다. 이번 일은 전각의 자존심이 걸린 문제였다.

"현 상황을 보고하라."

적영의 명령에 일대주가 재빨리 보고했다.

"우선 갑호령이 내리면서 본단이 완전 봉쇄되었습니다. 또한, 본단을 중심으로 이 백리 내에 천라지망(天羅地網)이 펼쳐졌습니다."

천라지망은 수많은 무인이 동원되어 삼엄한 포위망을 펼치는 것으로, 그 안에 갇힌다면 제아무리 고수라 할지라도 쉽게 벗어날 수 없었다.

특히 무림맹의 천라지망은 만여 명에 달하는 무인들이 동원되는, 강호에서 가장 강력한 포위망이었다.

제갈명은 남궁정이 죽었다는 소식을 전해 듣는 그 즉시, 천무광의 허가를 받아 천라지망을 펼치란 명령을 내렸다.

포위망을 형성하는 것은 그야말로 시간과의 싸움이었다. 흉수가 빠져나가기 전에 천라지망을 펼치는 것이 관건이었다.

적영은 굳은 얼굴로 고개를 내저었다.

"이곳까지 유유히 침투했다가 빠져나간 놈이다. 천라지망이라고 뚫지 못한다는 보장이 없다."

모두 같은 생각이었다.

"호위 책임자가 누구였지?"

그러자 십칠대주가 고개를 푹 숙인 채 한 발 앞으로 걸어 나왔다. 적영의 움켜쥔 주먹이 파르르 떨렸다.

하지만 감정적으로 해결할 일이 아니었다. 그가 뚫렸다면, 다른 대가 있었어도 결과는 마찬가지였을 것이다.

"일단 숙소로 돌아가 대원들과 함께 근신하도록."

"네."

십칠대주가 그곳에서 물러났다.

"나가 있던 애들 모두 불러들이고, 동원할 수 있는 모든 것을 다 동원해서 놈을 잡아야 한다!"

"명을 받듭니다!"

"일단 조금이라도 수상한 놈들은 다 잡아들이도록!"

그 때문에 생기는 문제는 나중 문제였다. 일단은 강호를 발칵 뒤집더라도 흉수를 잡아야 했다.

그때 임소빙이 조심스럽게 말했다.

"드릴 말씀이 있습니다."

"뭔가?"

"어제 체포한 자들 말입니다."

순간 적영은 두 눈에 이채를 발했다.

"신화대주 말인가?"

"네. 체포하고 얼마 안 돼서 그들을 풀어 주라는 명령이 내려왔었습니다."

적영도 알고 있었다. 하지만 그들을 무슨 이유로 체포했고, 왜 풀어 줬는지는 알지 못했다. 남궁정은 그 일을 독단적으로 처리했던 것이다.

적영은 이화운과 관련된 일을 알지 못했다. 전각에서 천기자의 예언을 아는 사람은 오직 남궁정뿐이었다.

"전 그들이 의심스럽습니다."

그런 마음에 더해 임소빙은 설수린이 마음에 들지 않았다. 아름답고 자신만만하고. 특히 전각 소속인 자신에게 당당한 것이 싫었다.

적영도 의심스럽다는 생각이 들었다.

어제의 석방은 전에 없던 일이었기에 그 역시도 이상하다 여겼던 일이었다. 잠시 잊고 있었는데 임소빙의 말에 그 일이 크게 다가왔다. 우연이라고 하기에는 뭔가 공교롭다.

잠시 숙고하던 적영은 단호히 명령했다.

"당장 가서 그들을 다시 체포해 오도록! 책임은 내가 진다."

* * *

전각주가 죽었다는 말에 설수린은 잠시 아무 말도 하지 못했다.

근래 이렇게 놀란 적이 있었을까? 내년에 강호가 멸망한다는 말을 들었을 때도 이렇게까지 놀라지는 않았다.

"전각주가 죽었다고?"

칼로 찔러도 피 한 방울 안 나올 것 같은 그 남궁정이? 그 독하고 강한 사람이?

"언제?"

"어젯밤이랍니다."

"사인은?"

"아직 거기까지는 모르겠습니다."

"혹시 살해당한 것 아냐?"

그녀의 목소리가 살짝 떨렸다. 자신도 모르겠다는 표정으로 전호는 고개를 내저었다.

만약 전각주가 살해당한 것이라면? 정말 최악의 사건이 벌어진 것이다.

그녀의 표정이 진지해졌다.

무림맹으로 돌아오면 모든 것이 끝날 줄 알았다. 세상 어떤 일이 있어도 맹에만 돌아오면 안전할 것으로 생각했다. 하지만 바람은 이곳까지 불어 닥치고 있었다.

"당연히 천라지망도 펼쳐졌겠군?"

"네. 들어가고 나가는 길이 다 봉쇄되었습니다."

"우리 애들은?"

"갑호령에 따라 모두 비상대기 중입니다."

바로 그때, 설수린의 눈빛이 예리해졌다. 바깥에서 인기척을 느낀 것이다.

그녀는 재빨리 창가로 다가가서 휘장 사이로 바깥을 살폈다.

"포위당했다."

그녀의 말에 전호가 검을 뽑아 들며 문으로 걸어갔다.

"잠깐!"

"네?"

"검 집어넣어."

포위망을 좁혀 오는 자 중에 아는 얼굴을 본 것이다.

곧이어 문이 열리며 일단의 무인들이 들이닥쳤다. 그들은 바로 전각 무인들이었다. 그들 사이에 풀 죽은 기색의 원길도 있었다. 창문을 통해 그를 발견했던 것이다.

 지난번 일로 임소빙에게 크게 혼이 난 그는 설수린과 눈을 마주치지 못했다. 그래서였을까? 앞으로 나선 이는 다른 무인이었다.

"함께 가야겠습니다."

"이유는?"

"저희는 모셔 오라는 명령을 받았을 뿐입니다."

 사내가 그녀의 혈도를 제압하기 위해 다가서는 순간, 설수린은 두 눈에서 싸늘한 예기를 발했다.

"손모가지 잘리고 싶어?"

 다가서던 사내는 흠칫 발걸음을 멈췄다.

"전각 밥 먹으면 함부로 타부대 대주 몸에 손을 대도 되나?"

 사내의 얼굴이 확 굳어졌지만, 그는 날 선 설수린의 기세에 눌려 함부로 다가서지 못했다.

 그때 뒤에서 들려온 여인의 카랑카랑한 목소리.

"상황에 따라서는요."

 들어선 여인은 임소빙이었다.

"왜요? 이번에도 또 비밀 작전 중이신가요?"

 설수린의 조소에 임소빙의 눈에 차가운 기운이 스쳤다.

"당신들을 체포했다가 풀어 준 이튿날, 각주님께서 돌아가셨어요. 이 정도면 체포할 이유로 충분하겠죠?"

 설수린은 돌아가는 상황을 대충 짐작할 수 있었다.

 자신들의 체포는 무림맹에서 내려진 명령이 아닐 것이다. 분명 전각의 독단적인 움직임. 아마도 부각주가 내린 명령일 것이다. 당연히 이화운에 대해서는 모를 것이고.

설수린은 전호를 돌아보며 눈짓을 보냈다. 그냥 시키는 대로 따르라고. 전호는 묵묵히 고개를 끄덕였다.

설수린은 더는 그들을 자극하지 않았다. 전각주가 죽은 지금, 그들은 바짝 독이 올라 있었다. 쓸데없이 건드려 봐야 좋을 것이 없었다.

무인들이 두 사람의 혈도를 제압했다.

임소빙은 노골적인 적의를 드러냈다.

"이번에는 쉽게 빠져나가지 못할 거예요."

"그건 두고 봐야 알 일이죠."

설수린과 전호가 그들에게 끌려 밖으로 나왔다.

전각을 향해 얼마쯤 걸었을까? 저 멀리 일단의 무리가 누군가를 데리고 걸어오고 있었다.

끌려오는 사람은 바로 이화운이었다.

그는 고분고분 전각 무인들의 말을 따르고 있었다. 마치 죄인처럼 그들에게 둘러싸여 걸어오는 모습을 보자, 설수린은 마음이 울컥했다.

"어차피 같은 곳으로 끌려갈 텐데, 같이 가죠?"

임소빙은 코웃음을 치며 그 말을 무시한 채 걸었다.

"왜요? 셋이 모이면 겁나나요? 힘 합쳐서 탈출이라도 할까 봐?"

설수린의 도발은 제대로 먹혔다. 발걸음을 멈춘 임소빙이 비웃으며 물었다.

"꿈이라도 꾸시나?"

"사실 오늘 악몽을 꿨지요."

조금도 주눅이 들지 않는 설수린의 태도에 임소빙은 짜증이 났다. 바로 저 당당함이 너무 싫었다.

"당신, 대체 뭘 믿고 까부는 거지?"

"저기 저 사람 믿고."

"대체 저자가 누구이기에?"

"그래서 당신들이 안 된다는 거야. 누군지도 모르고 잡아가고 있잖아?"

순간 임소빙은 대꾸할 말을 찾지 못했다.

설수린은 마음속으로 생각했다.

그쪽이야말로 꿈 깨. 저 사람, 당신들이 무서워서 잡혀가고 있는 것 아니니까.

그러는 사이 이화운이 전각 무인들에게 둘러싸여 그곳까지 왔다.

이화운과 설수린의 시선이 허공에서 얽혔다.

설수린은 차마 아무 말도 하지 못했다. 그에게 미안한 마음뿐이었다.

그는 평소와 다름없는 담담한 모습이었다.

저 사람은 정말 하늘이 무너진다 해도 저 표정을 짓고 있을 사람이다.

문득 언젠가 저 얼굴이 활짝 웃는 모습을 보고 싶다는 생각이 들었다.

가만히 그녀를 응시하던 이화운이 툭 내뱉었다.

"또 세수 안 했군. 더럽게."

예상치 못한 말에 설수린은 피식 웃었다. 예전에도 세수 안 했다고 같은 말을 들었던 적이 있었다.

"야박하게도 눈곱 뗄 시간도 안 주고 잡아가네요."

이화운도 피식 웃었다. 설수린이 좋아하는 그 기분 좋은 미소였다. 물론 이내 그 미소는 사라졌다.

"자! 이만 출발."

다시 세 사람은 함께 걸음을 옮겼다.

갑호령이 내린 무림맹 내의 분위기는 평소와 달랐다. 경계가 강화되었고 긴장된 얼굴의 무인들이 바쁘게 움직이고 있었다.

그때 바쁘게 지나치던 무인 중 하나가 잠시 멈춰 섰다.

"어?"

그녀는 바로 일전에 만났던 백룡대의 추영이었다.

전호는 당황했다. 전에는 죄수 호송 마차 안에서 만났었는데, 또다시 잡혀가는 모습을 보이고 만 것이다.

그녀는 전호에게 인사를 해야 할지 말아야 할지 망설이는 기색이었다.

"하하하, 죄인들을 호송 중입니다!"

전호는 마치 자신이 전각 무인들을 끌고 가는 것처럼 말했다.

"아, 네. 그럼 전 이만."

그녀가 가던 길을 달려가자 전호의 얼굴이 어두워졌다.

"안 믿겠죠?"

"당연히. 싸늘히 식는 표정 안 봤어? 차라리 아무 말도 하지 말지."

"순간 당황해서 저도 모르게."

"그런데 저 아이도 네게 관심 있나 보다. 너 보고 딱 멈춰 서는 것을 보니."

"그럼 뭐해요. 이젠 정말 끝장났는데."

그들의 대화를 듣고 있던 임소빙은 어이없다는 듯 고개를 내저었다. 전각주의 살해 용의자로 잡혀가고 있는 와중에 저딴 대화를 나누다니!

처음 체포할 때도 그렇고, 지금도 그렇고. 셋 모두 참으로 이해할 수 없는 이들이었다.

"너희야말로 이젠 끝이다."

임소빙의 나직한 말에 설수린은 푸른 하늘을 올려다보았다.

아서라, 이년아. 그러다 강호 멸망할라.

第四章
약속

天下第一

　천무광과 제갈명은 맹주궁의 앞마당 화원에 있었다. 그곳은 천무광이 손수 키우고 가꾸는 화원이었다.
　천무광은 꽃에 물을 주며 노기를 가라앉혔다. 어느 정도 마음이 진정되자 비로소 입을 열었다.
　"이제 시작된 것일까?"
　제갈명은 그 말이 천기자의 예언을 뜻함을 알 수 있었다. 본격적인 강호 멸망이 시작된 것이 아니냐는.
　"그럴지도 모르지요."
　제갈명의 솔직한 심정이었다. 제갈명은 거기에 더 솔직한 심정을 덧붙였다.
　"아마 흉수를 잡기는 쉽지 않을 겁니다. 전각까지 침입해서 전각주를 죽이고 빠져나간 자입니다. 천라지망을 벗어날 수는 없겠지만, 그렇다고 잡히지도 않을 겁니다."

흉수를 잡아낼 방법을 제시하는 것이 군사의 일이겠지만…… 현실은 현실인 법이다.

더구나 이곳 무림맹 본단 주위는 너무나 많은 사람이 살고 있었다.

천무광은 전적으로 그 말에 공감한다는 듯 묵묵히 고개를 끄덕이며 물었다.

"천라지망은 얼마나 펼쳐 둘 수 있겠나?"

천라지망을 유지하는 데는 막대한 돈이 들었다. 만여 명의 인원을 동시에, 그것도 외부에서 운영하는 일이었다. 그에 따라 부수적으로 드는 돈을 제하더라도, 먹고 자는 일만 해도 엄청난 돈이 들었다.

그래서 보통 천라지망이 펼쳐지면 짧으면 삼 일, 길어도 칠 일 안에는 대상을 잡아내야 했다.

"무리하면 열흘 정도 가능할 겁니다."

"열흘이라."

잠시 고민하던 천무광이 담담히 말했다.

"칠 일만 유지하도록 하지."

"알겠습니다."

제갈명은 마음 같아선 그조차도 오 일로 줄이고 싶었다. 어차피 못 잡는다면 예산을 아끼는 것이 상책이었다. 하지만 외부의 이목이나 전각의 사기 문제도 생각해야 했다.

제갈명이 조심스럽게 물었다.

"한데 새로운 각주로 누굴 생각하고 계십니까?"

남궁정이 죽은 그 날, 장례도 치르기 전에 차기 각주를 논한다는 것은 무정하다 못해 비정할 수 있었다.

하지만 전각은 그 정도로 중요한 조직이었다. 단 한 순간도 그 지휘 체계가 흔들려서는 안 되었다.

"누가 괜찮을까?"

"부각주 적영이 무난합니다만……."

"너무 정치적이지?"

"네, 잘 보셨습니다."

적영은 무공 실력은 남궁정에 비해 떨어졌지만, 수하들을 다루는 정치력은 오히려 나은 편이었다. 하지만 문제는 그가 너무 정치적이라는 데 있었다. 그는 무인이라기보다는 관료의 느낌에 가까웠다.

전각주라는 자리에 오르면 그 성향은 더욱 짙어질 것이다.

단적으로 이번 사건의 본질에 대한 접근도 '전각주에 대한 복수'의 입장이라기보다는 '전각의 명예'란 점에서 접근하는 그였다.

"다른 곳이라면 모를까, 전각이 그래선 안 되지."

제갈명은 전적으로 공감했다.

"외부에서 불러오는 방법도 있습니다."

"누가 좋을까?"

"청룡단주(靑龍團主) 사도명(司徒明)이 적합할 것 같습니다."

천무광이 고개를 끄덕였다. 자신도 가장 먼저 떠올린 사람이 바로 사도명이었다. 전각 다음으로 강호에 알려진 조직이 바로 청룡단이었다. 무림맹을 대표하는 무력 집단으로 그 숫자가 무려 삼천 명이나 되는 곳이었다. 전각이 정예 무인들의 집합체라면 청룡단은 대규모 무력 집단이었다.

청룡단주라면 전각주의 자리에 전혀 부족함이 없었다. 더구나 현재 청룡단주인 사도명은 믿을 만한 사람으로 천무광에 대한 충성도가 매우 높은 인물이었다.

그는 무공도 강했고, 지도력도 있었다.

"하지만 문제는 역시 부각주 적영입니다. 그는 크게 불만을 느낄 겁니다. 더 문제는 그런 마음을 드러내지 않을 것이란 점입니다. 그것이 그의 정치 성향이니까요."

"그렇게 되면 전각은 하나의 힘으로 단결하기 어렵겠군."

"아무래도 그럴 가능성이 있습니다. 그렇다면 차라리……."

잠시 제갈명은 말꼬리를 흐리며 선뜻 꺼내기 어려운 말임을 강조했다.

"적영까지 전각에서 빼고, 전각주와 부각주 모두를 교체하는 방법이 있습니다."

"그럼 부각주는 누구로 삼고?"

"일대주 심권이 수하들 사이에서 인기가 좋습니다. 부각주로 적임일 것입니다."

"적영은?"

"외부로 내보내야겠지요. 현재 청해지단 부단주 자리가 공석으로 있습니다."

한 지역 지단의 부단주라면 결코 낮은 자리가 아니었다. 하지만 무림맹의 핵심 조직인 전각에 있던 적영이 결코 만족할 자리도 아니었다.

물론 지금은 무림맹주인 천무광의 시대였다. 강력한 권력을 지닌 그였기에 불만을 품을지언정 드러내고 반발하진 못할 것이다.

하지만 다른 조직도 아니고 전각의 일이었다. 좀 더 확실한 명분으로 모두를 이해시켜야 했다.

제갈명은 솔직한 심정으로는 적영이 어떤 실수라도 해 줬으면 하는 바람이었다.

바로 그때였다. 그곳으로 비영단의 부단주 광진이 달려왔다. 정중히 천무광에게 인사한 후 빠르게 보고했다.

"전각에서 중경의 이화운 공자와 설 대주, 신화대원인 전호를 붙잡아갔습니다."

"이유는?"

"전각주 살해 혐의입니다."

"알았다."

제갈명은 놀라지 않았다. 이 정도 움직임은 예상하고 있었던 것이다.

"제가 가 봐야겠습니다."

무슨 생각인지 천무광이 따라나섰다.

"함께 가지."

* * *

"신화대주 설수린."

적영은 싸늘한 눈빛으로 설수린을 노려보았다. 취조실에는 두 사람만이 있었는데, 적영이 직접 취조를 하겠다고 나섰던 것이다.

"사파의 세작 혐의로 체포되었다가 당일 무혐의로 석방. 자네가 생각해도 이상하지 않나?"

고압적인 적영에 비해 설수린은 담담했다.

"뭐가요?"

"사파의 세작 혐의가 어떻게 이렇게 빨리 풀릴 수 있느냐는 말이다."

"그야 그쪽에서 결정한 일이잖아요? 뒤집어씌운 것도 그쪽, 풀어 준 것도 그쪽."

적영의 미간이 찌푸려졌다. 이번 일은 분명 죽은 전각주와 관련이 있는 일이었다.

"이런 식은 자네에게 좋지 않아."

그의 나직한 협박에 설수린은 아무 대답도 하지 않았다. 아마 지금쯤이면 비영단에 자신이 잡혀 왔다는 정보가 들어갔을 것이다.

그때였다. 문이 열리며 누군가 안으로 들어섰다.

들어선 사람을 보며 설수린과 적영은 깜짝 놀랐다. 무림맹주 천무광이 안으로 들어선 것이다. 그 뒤로 제갈명이 따라 들어왔다.

"맹주님을 뵙습니다."

설수린과 적영이 자리에서 벌떡 일어나 정중히 포권하며 인사했다.

천무광이 적영에게 말했다.

"잠시 자리를 비켜 주시게."

"네."

적영이 두말없이 밖으로 나왔다. 나오면서 그는 한 가지 사실을 번

뜩 깨달았다.

'아! 그 소문이 사실이었구나!'

이제 모든 것을 알 것 같았다. 그 역시 무림맹을 떠도는 신화대주에 대한 소문을 알고 있었다. 헛소문이겠지란 마음으로 그다지 신경을 쓰지 않았는데, 맹주가 이곳까지 직접 찾아온 것을 보자 그 소문이 사실이란 확신이 든 것이다.

'남궁 각주와 관련된 일이 아니었어! 바로 맹주님과 관련된 일이었어. 빌어먹을! 남궁 각주도 그 사실을 알고 그녀를 풀어 준 것이로군. 젠장! 그녀를 체포하는 것이 아니었어.'

그는 때늦은 후회를 했다. 정치적으로 민감한 그에게 이번 일은 큰 실수로 다가왔다.

천무광은 설수린을 보며 표정을 풀었다.

"이런 곳에서 보게 돼서 유감이네. 설 대주, 이번에 큰일을 해냈네."

"당연히 해야 할 일을 했을 뿐입니다."

설수린의 목소리가 살짝 떨렸다. 천무광에게서 태산 같은 위압감이 들어 절로 마음이 움츠러드는 것이다.

"그래, 신화대 일은 어떤가?"

"박봉인 것 빼곤 할 만합니다."

설수린의 농담을 천무광은 기분 좋게 받아 주었다.

"하하, 자네가 가난한 맹의 사정을 좀 이해해 주게."

"불타는 정의감과 사명감으로 이 악물고 버티겠습니다."

천무광은 사람 좋은 미소를 지었다. 분위기를 살려 자신과 천무광

사이의 소문에 대해서 언급할까 생각했지만 이내 그러지 않기로 마음먹었다. 천무광은 크게 웃어넘기겠지만, 그래도 당사자 앞에서 하기에는 어색한 이야기였다.

"제갈 단주가 설 대주를 크게 신임하고 있더군."

"지금까지 절 이끌어 주신 분이지요."

그때 계속 듣고만 있던 제갈명이 입을 열었다.

"이젠 나를 좀 이끌어 주게."

"전 며칠 만에 두 번이나 붙잡힌 무능력한 수하라고요."

"그 두 번 모두 비영단주를, 그중 한 번은 이렇게 맹주님까지 발걸음을 하게 만든 능력 있는 수하지."

피식 웃고 난 설수린은 진지한 얼굴로 말했다.

"한 가지 여쭙고 싶은 것이 있습니다."

"뭔가?"

"전각주는 살해당한 것입니까?"

제갈명은 잠시 대답을 망설였다. 아무리 신임하는 설수린이라 하더라도, 맹주 앞에서 이제 막 알아낸 기밀을 알려줄 수는 없었던 것이다.

그때 천무광이 대신 말했다.

"그렇다네."

"제가 데려온 이화운은 범인이 아닙니다."

"그렇게 생각하는 이유는?"

"그를 믿습니다."

천무광이 미소를 지었고, 제갈명이 담담히 말했다.

"사람을 그리 쉽게 믿지 말라고 가르쳤을 텐데."

"물론 잊지 않고 있습니다만……."

설수린은 말꼬리를 흐렸다. 자신도 안다. 그리고 그녀 또한 그런 마음으로 살아왔다. 믿는다는 것은 큰 노력이 필요한 일이고, 이 강호에는 그럴 만한 가치가 없는 이들이 너무 많으니까.

"하지만 제 느낌이, 제 직감이 그럽니다. 아니라고요. 절대 아니라고요. 펄떡거리는 이 생생한 직감을 안 믿으면 뭘 믿고 강호를 살아가겠습니까? 아니, 자신도 믿지 못하는데 무슨 재미로 세상을 삽니까?"

맹주 앞에서 조금은 무례할 수 있는 말이었다. 하지만 그녀는 당당히 자기 뜻을 밝혔다.

"그 사람을 풀어 주십시오."

제갈명은 대답을 망설였다. 자신이 쉽게 결정할 일이 아니었기 때문이었다.

그때 천무광이 다시 나섰다.

"풀어 주면?"

"제가 그 사람과 함께 범인을 찾아내겠습니다."

"자신 있나?"

대체 어디서 이런 확신이 들었는지 모르겠다.

"네!"

* * *

"그래서 맹주님과 약속을 했다고요?"

일각 후, 설수린은 전호와 함께 전각 건물 앞에 서 있었다.

"열흘 안에 범인을 찾아내겠다고?"

설수린은 목덜미를 긁으며 고개를 끄덕였다. 전호는 여전히 황당하다는 표정이었다.

"그게 우리가 지난번에 이어 최단 시간 석방 기록을 경신한 이유군요."

"아마도."

"대체 왜 그러셨어요?"

전호가 언성을 높였다.

"어떻게 잡아요? 놈은 무림맹을 침입해서 전각주를 죽인 자라고요!"

설수린은 면목 없다는 표정을 지었다.

"뭔가에 홀린 것 같았어. 정신을 차리고 보니 맹주님이 자네를 믿네라고 말하고 계시더라고."

"자네를 믿네가 아니라 못 잡으면 자네가 다 책임지게란 말이겠지요!"

"아! 잠이 덜 깼어."

"이제 평생 승진은 다 했군요. 만년 대주 확정입니다."

"너도 그걸 원했잖아?"

"이런 식은 아니었다고요!"

"사실 그조차도 힘들어."

"네? 그건 또 무슨 말씀이시죠?"

설수린은 전호의 눈치를 살피며 한숨을 내쉬었다.

"마지막에 한마디가 더 튀어 나갔어. 찾아내지 못하면……."
"설마?"
"……대주직을 내놓겠다고."
"안 돼!"
전호가 두 손으로 머리를 부여 쥔 채 주저앉았다.
"크으윽! 대체 왜 그러셨습니까?"
이윽고 설수린의 얼굴에서 장난기가 사라졌다.
"그냥. 미안해서."
"네?"
그녀가 진지하게 대답하자 전호의 얼굴에서도 장난기가 사라졌다.
"너도 알다시피 그는 이곳에 오지 않으려고 했다면 얼마든지 오지 않을 수 있었을 거야. 하지만 그는 우릴 믿고 순순히 따라와 줬지. 배에서도 순순히 잡혀 줬고."
"하긴. 어디 그뿐입니까? 망향곡 살수들에게 쫓길 때도 그의 도움이 아니었다면 대주님이나 저나 이미 죽었겠지요."
"하지만 그 고마움 때문만은 아니야."
"그럼요?"
그녀의 시선이 하늘을 향했다. 오늘은 구름 한 점 없이 맑았다. 보는 것만으로도 기분이 좋아지는 그런 하늘이었다.
"그를 데려올 때, 약속했어. 내가 지켜 주겠다고."
그녀의 눈빛은 깊고도 진지했다. 전호는 그것이 그녀의 진심이었다는 것을 느꼈다.
"물론 그 사람이 나보다 훨씬 강한 사람인 줄은 알지만…… 약속은 약속이니까."

그녀가 멋쩍게 웃으며 덧붙였다.

"지키는 시늉이라도 해야지."

그녀를 응시하던 전호는 피식 웃었다.

"자리까지 걸고. 무슨 시늉이 이렇게 비장해요?"

그때 문이 열리며 이화운과 임소빙이 걸어 나왔다.

임소빙은 잔뜩 화가 나 있었다.

"맹주님과 그런 사이, 맞나 보군요."

그렇지 않고서는 두 번이나 이렇게 석방될 수 없다고 생각한 것이다.

설수린은 애써 부정하지 않았다.

"그럼 이제 알겠네요? 내게 함부로 굴어선 안 된다는 것을."

싸늘히 설수린을 노려보던 그녀가 돌아섰다.

"더럽군."

임소빙은 열고 나왔던 문을 일부러 쾅 닫고 들어갔다.

설수린은 히죽 웃으며 이화운을 쳐다보았다.

"그렇다네요."

"세수를 안 하니 더럽지."

설수린은 피식 웃음이 나왔다. 자신을 믿어 주기에 나올 수 있는 농담이었다. 그래서 이화운이 너무나 고마웠다.

깊어진 눈빛으로 이화운을 응시하며 그녀가 말했다.

"나 사고 쳤는데 어떻게 하죠?"

"무슨 사고?"

"열흘 안에 전각주를 죽인 범인을 찾아내겠다고 호언장담을 했어요. 제 자리까지 걸고."

"왜 그런 짓을 해?"

왜라니요? 왜라니요! 당신 때문이지!

"일상이 따분했나 보죠."

그녀는 전호 옆에 나란히 쪼그리고 앉았다.

전호는 그녀에게 힘없이 말했다.

"다 끝났어요. 그냥 술이나 마셔요. 그래도 열흘은 마음껏 마시겠네요."

"미안하구나."

"제게 미안할 것은 없죠. 쫓겨나는 것은 대주님이신데."

"전에 말하지 않았나? 내가 그만두면 따라서 그만둔다고?"

"술 먹고 뭔 소리를 못 해요. 저 빚도 갚아야 하고."

"……."

"참, 원래 자리에서 물러나면 후임자를 추천하죠? 전임자의 추천장이 큰 영향을 발휘한다고 들었는데."

"아마도?"

"제가 대주님 얼마나 존경하는지 알죠?"

"……."

"대주님이 그리울 거예요. 아주 많이."

전호의 농담에 히죽 웃고 말았지만, 왠지 서글픈 생각이 들었다. 정말 잘리게 되면 무엇을 하고 살아가야 할까? 과연 무림맹 말고 이 강호 어딘가에 내가 정착할 곳이 있을까?

누군가는 말했다.

살아가는 데 지상의 방 한 칸만 있으면 충분하다고.

이 넓은 강호에 과연 내 방이 있기는 한 것일까?

그때 하늘을 올려다보던 이화운이 불쑥 물었다.

"열흘 안에만 잡으면 되나?"

"네?"

그녀는 깜짝 놀라 이화운을 올려다보았다.

그는 변함없는 눈빛이었다. 세상이 무너져도 눈 하나 깜짝하지 않을 것 같은, 그래서 너무나 든든한.

그래, 그래서였을 것이다. 저 사람이 있어서. 저 사람과 함께라면 반드시 범인을 잡아낼 수 있을 것이란 자신이 있어서.

이화운이 쪼그리고 앉은 그녀에게 손을 내밀며 말했다.

"그럼 열흘 안에 잡자고."

순간 그녀의 가슴이 울컥했다. 그녀가 내심 기다렸던 말이었다.

이런 사람이었기에, 큰소리를 쳤던 것이다.

그녀가 이화운의 손을 잡았다. 매끄러운 그의 손은 너무나 따뜻했다.

설수린은 이화운의 손을 잡고 힘차게 일어나며 말했다.

"추천장은 다음 기회에!"

*　　*　　*

"왜 그녀에게 맡겼습니까?"

맹주전으로 돌아왔을 때, 제갈명이 가장 먼저 물은 말이었다.

그리고 천무광의 대답은 의외였다.

"전에 자네가 말했지? 그 아이는 특별한 아이라고."

"네, 그랬지요."

예전에 설수린이 맹을 떠나는 모습을 보며 천무광에게 그런 말을 한 적이 있었다.

"그래서 믿어 보기로 했네."

제갈명은 그 말을 믿지 않았다. 그는 꽉 막힌 사람은 아니지만, 그렇다고 후기지수를 믿고 일을 진행하는 사람은 더욱 아니었다. 특히 이런 중요한 일에는 더욱이.

그도 알 것이다. 아무리 설수린이 대단한 재능을 지녔다고는 하나 전각주를 죽인 범인을 잡아내기에는 역부족이란 것을.

제갈명은 마음속의 말을 삼켰다.

'이화운을 믿으시는 것은 아니시고요?'

분명 그럴 것이다. 그는 중경의 이화운을 시험해 보려는 것이다.

사실 이화운에 대해 가장 복잡한 감정을 지닌 사람은 바로 천무광일 터였다.

겉으로 표현은 안 했지만, 그는 천기자의 예언이 마음에 들지 않았을 것이다.

자신이 무림맹주인데, 다른 사람이 강호를 구한다고 하니 기분이 좋을 리 있겠는가? 두 이화운에 대해 가장 궁금한 사람도 바로 그일 것이다. 할 수만 있다면 두 이화운 모두를 시험하고 싶겠지.

제갈명은 그런 생각들을 드러내지 않았다. 자존심 강한 천무광에게 굳이 그런 이야기들을 할 필요는 없었으니까.

"신화대주는 분명 기대 이상의 성과를 낼 것입니다."

천무광은 묵묵히 고개를 끄덕였다.

설수린의 확신이 아니더라도 제갈명은 이번 사건과 이화운은 아무 연관이 없다고 믿고 있었다.

전각주를 죽인 자는 분명 이화운을 죽이려 했던 자들일 것이다. 강호에서 가장 유명한 살수들과 패왕을 동원한 자들이었다. 이제 그들이 전각주를 암살하는 데 성공한 것이다.

'과연 중경의 이화운이 이번 문제를 해결할 수 있을까?'

만약 이화운과 설수린이 이번 사건을 해결해 낸다면, 차기 전각주 임명은 한결 쉬워질 것이다.

'설 대주! 자네 판단을 믿네.'

* * *

"비홍묘는 안 부르나요?"

황노를 기다리면서 설수린은 조심스럽게 물었다.

"냄새를 추적할 일 있나?"

"아뇨. 그냥 있으면 왠지 든든할 것 같아서요."

왠지 한심한 발상 같아서 그녀는 한마디 덧붙였다.

"그리고 귀엽잖아요?"

아, 그러고 보니 한 가지를 잊고 있었다.

"참, 비홍묘가 이곳까지 따라왔나요?"

그러자 이화운은 가만히 고개를 끄덕이며 말했다.

"한 번 주인을 섬기면 영원히 그 옆을 떠나지 않지."

"정말 이곳까지 왔다고요?"

"그래."

"와! 정말 영물은 영물이네요. 사람보다 낫네요."

그때 황노가 안으로 들어왔다. 두 사람이 찾아온 곳은 황노의 관리하에 시신을 보관하는 곳이었다.

황노는 내심 못마땅했다. 이미 자신의 손에서 검시가 끝난 상황이었다.

한데 신화대주가 찾아와서 다시 시체를 보여 달라고 하니 기분이 좋을 수는 없었다.

"시체는 왜 다시 보려는 것인가? 내 검시를 믿지 못하는 건가?"

오랜 세월 무림맹에서 검시만을 해 온 그는 남은 것이라고는 자신이 최고라는 자부심밖에 없었다.

그것을 잘 알았기에 설수린은 기분 좋은 얼굴로 말했다.

"황노께서 중원 제일의 검시 실력을 지닌 것은 모두가 아는 사실인데 그럴 리가 있겠습니까? 그냥 형식적인 절차일 뿐입니다."

설수린은 되도록 그의 비위를 거스르지 않으려 노력했다.

"아시잖아요? 명령 하나에 쓸데없는 절차가 얼마나 많이 붙는지."

"그야 잘 알지."

황노는 한결 누그러진 표정으로 한옆에 있던 관 뚜껑을 열었다. 그 안에 방부 처리를 한 남궁정의 시체가 들어 있었다.

그의 시체를 직접 보자, 설수린은 비로소 그가 죽었다는 것을 실감했다. 고수 중의 고수인 그를 대체 누가 죽였을까?

황노를 도와 이화운은 그의 시체를 기다란 탁자 위에 올렸다.

복부에 시커멓게 든 멍을 살피는 이화운을 보며 황노가 설수린에게 나직이 물었다.

"저이는 누군가?"

"이번 사건을 해결하라는 맹주님의 직속 명령을 받은 분이에요."

그녀는 일부러 맹주를 언급했다. 황노처럼 한 조직에 평생을 몸담은 사람은 권위를 가장 중요시하기 마련이었다.

과연 황노는 이화운을 보는 눈빛이 달라졌다.

"그는 무형지독에 당했네."

"네, 그렇게 들었습니다."

대답하면서 이화운은 시체의 입안과 목구멍, 콧속과 귓속까지 꼼꼼히 살폈다.

"독에 중독된 후, 복부에 일장을 맞았지. 지금 전각에서는 장법의 고수 중에서 무형지독을 다룰 수 있는 자를 찾고 있네. 전각주를 죽일 수 있을 정도의 고수는 그리 많지 않을 것이니, 조만간 놈을 잡을 수 있을 것이네."

황노의 이야기를 들으며 이화운은 시체의 머리카락을 들추고는 그곳까지 살폈다.

"그럼 천천히 살펴보고 가시게. 그래 봤자 달라질 것은 없겠지만. 난 일이 있어서 이만."

황노가 그곳을 나가고 나자 이화운은 설수린에게 머리카락 안을 보여 주었다.

"여길 봐."

그곳에 자세히 들여다보지 않으면 알 수 없을 희미한 자국이 있었다.

"뭐죠, 이게?"

이화운이 머리카락을 젖히자 또 다른 자국이 있었다. 자국은 모두 세 개였다.

이화운이 머리에 엄지와 검지, 중지 세 손가락을 가져다 댔다.

"앗!"

설수린은 깜짝 놀랐다. 그 자국은 손가락 끝에 딱 맞은 것이다.

"딱 맞아요! 누군가 머리통 위에 손을 댔군요."

이화운은 진지한 표정으로 고개를 끄덕였다.

순간 뭔가를 깨달은 그녀가 재빨리 물었다.

"설마 이것이 진짜 사인(死因)인가요?"

"그렇다고 생각해."

하지만 이내 의구심이 뒤따랐다. 머리를 때린 자국이 아니었다. 손을 가져다 대서 지그시 누른 자국이었다. 그랬기에 황노조차 발견하지 못했던 것이다.

"이 정도 눌렀다고 전각주가 죽었을까요?"

"머리를 열어 보면 뇌가 다 녹아 있을 거야."

그녀는 깜짝 놀랐다. 동시에 한 가지 무공이 떠올랐다.

"열양조(熱陽爪)!"

이화운은 고개를 끄덕였다.

열양조는 상대의 몸속 내부를 녹여 버리는 무시무시한 무공이었다.

"열양조의 고수일수록 그 흔적은 외부에 남지 않지. 이 정도의 흔적만으로 전각주를 죽일 수 있었다면, 그는 열양조의 당대 최고수일 것이다."

"아! 그렇군요."

평생을 검시만 하고 살아온 황노조차 놓친 사인을 그가 알아냈다는 것이 대단하다는 생각이 들었다.

"한데 그렇다면 의문점이 있어요."

"뭐지?"

"굳이 열양조를 쓰지 않고, 무형지독으로 그를 죽일 수도 있었잖아요."

"이번에 사용한 무형지독은 급성독이었지? 급성독은 순식간에 몸에 퍼지며 강력한 위력을 발휘하지. 하지만 그렇기에 독에 당한 사람은 자신이 중독되었다는 것을 그 순간에 알게 돼 버려. 전각주쯤 되는 고수라면 즉사하지 않고 잠시나마 내공으로 무형지독이 퍼지는 것을 막을 수 있을 거야. 그가 외부에 도움을 청한다면?"

"아! 비상이 걸릴 테고 흉수는 전각을 빠져나갈 수 없었겠군요."

"그래, 전각주를 죽일 수는 있겠지만, 자신은 빠져나갈 수 없게 되지. 그래서 반드시 그 자리에서 전각주를 죽여야 했어. 그가 나선 이유지."

"하면 배에 일장을 남긴 이유는 자신의 무공이 열양조란 것을 감추기 위함이군요."

"그렇지. 모두 무형지독에 현혹된 것이지."

무형지독 자체가 원체 무서운 독이었기에, 그것에 중독되었으면 특

약속 119

별한 무공이 아니더라도 배에 일장을 맞고 죽을 수도 있다고 생각한 것이다.

"절정 고수가 생사의 갈림길에 서면 대단한 집중력을 발휘하지. 자신의 독문무공인 열양조를 사용하지 않았다면 외부에 들키지 않고 전각주를 죽이진 못했을 거야."

설수린은 감격한 표정으로 이화운을 응시했다.

이 사람, 대체 어떻게 이런 것을 다 아는 것일까?

정말이지 아무리 생각해도 알 수 없는 일이었다. 어쨌든 이화운이 아니었다면 흉수는 완전범죄를 이뤘을 것이다.

설수린은 눈을 가늘게 뜬 채 의심스러운 눈빛으로 물었다.

"당신이 죽였죠? 아까 시체에 남은 흔적이랑 당신 손가락 딱 맞는 것 같던데. 맞죠, 당신이 죽였죠?"

어이없다는 표정을 짓던 이화운은 표정을 굳히며 서늘하게 대답했다.

"그래, 내가 죽였다."

으스스한 이화운의 눈빛에 설수린은 온몸을 떨었다.

"무섭게 왜 이래요. 농담이라도 그런 말 하지 마세요."

그제야 이화운이 표정을 풀었다.

"그러니 괜한 사람 살인자로 몰지 말고 흉수를 잡는 데에다가 머리를 써."

설수린이 머리를 부여 쥐었다.

"저도 쓰고 싶죠. 하지만 제 것은 당신처럼 그렇게 팍팍 안 돌아간다고요."

"노력해 봐!"

"좋아요. 사건을 정리해 보죠. 흉수는 열양조의 고수로 전각주의 연공실까지 침입했어요. 전각주가 가장 편하게 생각하고, 안전하다고 생각하는 곳이었기에 더 쉽게 당했을 거고요."

이화운은 같은 생각이라는 표정으로 고개를 끄덕여 주었다.

그때 그녀 머리로 뭔가가 스쳤다.

이내 그녀는 눈빛을 반짝이며 말했다.

"아! 흉수를 찾아낼 방법을 찾았어요."

* * *

반 각 후, 이화운과 설수린은 저잣거리에서 조금 떨어진 낡은 건물로 들어섰다.

금방이라도 무너질 것 같은 허름한 곳이었는데 이십 평쯤 되는 방에는 십여 명의 병장기를 착용한 사내들이 앉아 있었다. 하나같이 인상이 험악하고 행색이 허름한 것으로 볼 때, 그들은 분명 강호를 떠돌아다니는 낭인(浪人)들이었다.

그들의 시선이 두 사람에게 집중되었다. 그들의 표정 속에 담긴 뜻은 이러했다.

오! 이런 곳에 저런 죽이는 미녀가?

누군가 추파를 던지려던 그 순간, 설수린은 한 발 먼저 싸늘히 말했다.

"쳐다보는 것은 좋은데 주둥이질은 하지 마. 혓바닥 잘리는 수가 있으니까."

그녀의 차디찬 기세에 사내들은 시선을 돌렸다. 아무리 거친 낭인들이라 해도 그녀의 실력에 비할 바는 아니었다.

그때 안쪽 문이 열리며 사내 하나가 그곳으로 들어섰다. 설수린을 알아본 사내가 표정을 찌푸리더니 이내 그곳에서 기다리고 있던 사내들에게 말했다.

"자네, 자네, 자네."

세 사람을 지목한 사내가 빠르게 말했다.

"지금 당장 임가장(林家莊)으로 가게. 인근의 녹림들을 토벌한다는군. 일당은 위험수당까지 일곱 냥이네."

사내가 또 다른 두 사람을 지목했다.

"자네들은 양수표국(養壽鏢局)으로 가게. 오늘 오후 표행(鏢行)에 일손이 모자란다더군. 숙식 제공되고 일당은 세 냥이네. 자, 오늘 일은 여기까지네. 나머지 자네들은 내일 보세."

일자리를 맡은 사람들은 기뻐했고 맡지 못한 사람들은 실망한 표정으로 그곳을 나섰다.

이곳은 바로 낭인들에게 일자리를 연결해 주는 일종의 직업소개소였다.

사내가 자리에 앉으며 물었다.

"또 어쩐 일이야?"

"어쩐 일이긴. 보고 싶어서 왔지."

"난 별로 안 보고 싶었는데?"

"그럼 짝사랑이라고 해두지."

사내가 피식 웃었다. 그의 이름은 서공찬(徐孔璨)이었다. 둥글둥글한 인상에 평범하고 별 볼일 없어 보였지만, 사실 그는 대단한 사람이었다. 직업소개소는 위장으로 개업해 둔 곳이고 진짜 그의 직업은 정보 상인이었다.

정보 상인은 돈을 받고 정보를 파는 사람을 말했다. 이곳은 무림맹 본단이 있는 곳이었다. 수많은 강호인이 오가는 곳이었기에 자연 인근에서 활약하는 정보 상인들도 많았다.

정보는 그 가치에 따라 값이 달랐는데, 몇 냥짜리 정보에서부터 몇만 냥짜리 정보까지 다양했다.

서공찬은 그중에서도 일류 정보 상인으로 백여 명이 넘는 수하를 거느리고 있었고, 무공 실력 또한 절정에 이르러 있었다.

설수린은 오 년 전에 우연히 그를 알게 된 후, 지금까지 친구처럼 지내온 것이다. 물론 설수린이 일방적으로 친구로 삼은 것이지만.

어쨌든 그녀가 아는 한, 그는 거의 모르는 것이 없다고 해도 과언이 아닐 정도로 대단한 정보 상인이었다.

"알고 싶은 것이 있어서."

"그러시겠지."

"삐딱하게 굴지 말고 협조 좀 하자. 박봉에 좋은 일 하려는데 좀 이해를 해야지. 넌 돈 많이 벌잖아?"

"이리 뜯기고 저리 뜯기고, 남는 것도 없다."

"내가 뜯어가는 것도 아니잖아?"

"이런 것이 다 뜯어가는 것이지. 작년에 와서 얻어간 정보도 열다섯 냥만 주고 갔지? 그게 구십 냥짜리 정보였다."

"열다섯 냥, 그게 내 월봉의 반이 넘는다. 그깟 음적(淫賊) 하나 잡으려고 육 개월을 굶으라고? 너 이 자식, 참 양심 없다. 너 한 달에 얼마 벌어?"

서공찬이 차마 그 말에 반박하진 못했다.

"그래서 잡긴 잡았어?"

"잡았지."

"뇌옥에는 처넣었고?"

"뇌옥은 무슨! 여인 아홉을 겁탈한 놈이야. 그중에 셋은 열 살도 안 된 애였고. 그 자리에서 모가지 땄다."

"그건 잘했네."

"장래에 네 딸을 구해 준거야."

"젠장! 난 아들만 둘이라고."

하지만 서공찬의 표정은 이미 많이 풀려 있었다. 그는 설수린이 귀찮긴 했지만, 그렇다고 싫지는 않았다. 적어도 그녀는 솔직했고 사람을 이용해 먹으려고 들지는 않았으니까.

"그래서 이번에는 무슨 정보를 원하는데?"

설수린의 표정이 진지해졌다.

"전각의 무인 중 근래 신상에 변화가 생긴 자의 이름과 그 내용."

전각이란 말에 서공찬의 표정이 흠칫 굳었다.

설수린은 이화운을 돌아보며 전음을 보냈다.

『홍수는 절대 혼자만의 힘으로 그곳까지 침입하지 못했을 거예요. 분명 내부에 배신자가 있어요.』

이화운이 미소를 지으며 고개를 끄덕였다. 그 미소에는 분명 올바른 판단이란 뜻이 담겨 있는 듯 보였다.

"전각은 좀 비싼데."

"정보가 있긴 있나 보네."

서공찬이 말하는 투로 볼 때 분명 뭔가 그에 대해 정보를 알고 있는 듯 보였다.

"비싸다니깐."

"얼만데?"

"이백 냥."

"지랄한다."

설수린이 이화운을 돌아보며 말했다.

"스무 냥만 빌려줘요."

서공찬이 버럭 소리쳤다.

"이백 냥이라니깐!"

"일 년을 굶으라고? 콱 그냥 여기 자리 펴고 눕는다?"

그 말에 서공찬이 한숨을 내쉬었다.

"내가 제 명에 못 죽지."

"어차피 나 아니면 날아갈 정보잖아. 그냥 스무 냥이라도 벌어. 미녀 특별 할인가라고 생각하든지."

적어도 그녀가 미녀라는 사실과 곧 있으면 무용지물이 될 정보란 것은 사실이었기에 서공찬은 입맛만 다셨다.

"악녀 할인가겠지."

설수린은 못 들은 척 이화운에게 말했다.

"스무 냥만 빌려달라니까요."

"언제 갚을 건데?"

설수린이 어이없다는 표정을 짓자 이화운이 덧붙여 말했다.

"돈거래는 확실히 해야지."

"차용증이라도 써요?"

"그럴 필요까진 없지. 당신은 약속은 지킬 테니까."

"지독하다, 지독해. 와, 있는 사람이 더하더니."

"그래서 언제까지?"

"내일까지 갚을게요!"

그제야 이화운이 품에서 전표를 한 장 꺼내서 탁자에 내려놓았다.

전표를 확인한 설수린과 서공찬 모두 깜짝 놀랐다.

전표는 무려 이천 냥짜리였다.

"돈 자랑해요? 스무 냥이라니까요."

설수린의 말에 서공찬이 히죽 웃으며 전표에 손을 올렸다.

"내 천팔백 냥 거슬러 드리지."

그때 이화운이 탁자 위에 스무 냥을 더 올려놓으며 말했다.

"내가 묻고 싶은 것도 있어. 이천 냥짜리로."

第五章
무영신투

天下第一

"대체 무슨 질문을 하시려고요?"

설수린은 목청을 높였다. 말이 이천 냥이지 그야말로 엄청난 액수였다.

오랫동안 정보 상인을 해 오면서 서공찬은 많은 사람을 만나 봤다. 이제 대충 훑어만 봐도 상대가 어떤 사람인지 짐작할 수 있었다. 하지만 이화운은 뭔가 느낌이 남달랐다. 그냥 봐선 소금인지 설탕인지 도통 알 수 없는 그런 느낌의 사내.

"무슨 정보를 원하시오?"

"일단 처음 요구한 정보부터 알려 주시오."

"좋소."

서공찬이 자리에서 일어나 문으로 걸어갔다. 바깥을 살핀 후, 문을 잠갔다. 그곳은 허름해 보이기는 했지만 방음 처리가 확실한 방이었다.

다시 자신의 자리로 돌아온 그가 나직이 말했다.

"전각 칠대의 무인 하나가 여자에게 빠졌소."

설수린의 입에서 전각이란 말이 나오는 순간, 서공찬은 그녀가 원하는 정보가 그에 대한 것임을 직감했다.

설수린이 고개를 갸웃하며 물었다.

"여자야 좋아할 수도 있잖아?"

"문제는 단순한 관계가 아니란 것이지. 이 여자는 작정하고 덤벼들었거든. 남자들 홀랑 벗겨 먹는 여자들이 있다는 소리 들어 봤지?"

"아!"

"그 여자의 마음에 들기 위해 돈을 엄청나게 쓴 모양이더라고. 덕분에 빚도 꽤 졌고."

"여우에게 완전히 홀렸군."

"그런 셈이지."

"그래서 그 멍청이는 누구지?"

"진구(秦救)."

그가 전각 내 배신자일 가능성이 높다는 생각이 들었다. 여자와 돈이 결합하면 언제나 문제가 생기는 법이니까.

"그는 무림맹 서쪽에서 오 리쯤 떨어진 민가에 살고 있다. 이만하면 충분하겠지?"

고개를 한 번 끄덕인 후 설수린은 이화운을 쳐다보았다.

"이제 당신 차례예요."

설수린과 서공찬은 이화운이 어떤 질문을 할지 궁금했다.

이윽고 이화운이 차분한 어조로 입을 열었다.

"무영신투(無影神偸)의 행방."

설수린은 서공찬이 흠칫 놀라는 것을 보았다. 분명 그 이름이 누구인지 아는 눈치였다. 반면 자신은 처음 듣는 이름이었다.

"무영신투가 누구죠?"

그녀의 물음에 두 사람 모두 대답하지 않았다. 적어도 한 가지는 확실했다. 무영신투란 이름이 매우 중요하다는 것을.

침묵을 깬 것은 서공찬이었다.

"그의 존재를 어떻게 알았소?"

이화운은 그에 대해선 아무런 대답도 하지 않았다. 설수린이 서공찬에게 얼굴을 들이밀며 다시 물었다.

"대체 무영신투가 누구냐고."

그제야 서공찬이 대답했다.

"그는…… 도둑이다."

"도둑이라고?"

"그래, 강호에는 잘 알려지지 않은 사람이지. 하지만 그는 근래에 가장 유명한 도둑이다."

"돌려 말하지 말고 쉽게 말해."

"그는 강호인들의 집만 터는 인물이다. 그것도 강호에서 유명한 명문거파만 노려서."

"그런 자가 있었다고? 그런데 어떻게 내가 모를 수 있지?"

"집이 털린 강호인들은 절대 소문을 내지 않았으니까."

"아!"

강호인들은 명예를 중시하는 이들이었으니, 집이 털린 것을 수치로 여겨 외부에 밝히지 않은 것이다.

"대체 어떤 무인들의 집을 털었기에?"

그러자 서공찬은 손을 내밀었다.

"그 대답을 들으려면 지금 낸 것보다 훨씬 많은 돈을 내야 해. 정말 목숨을 걸어야 하니까."

그만큼 대단한 강호인들의 집이 털렸다는 것을 의미했다. 그렇다면 아무리 물어봐야 공짜로는 가르쳐 주지 않을 게 분명했다.

그녀는 이화운을 돌아보았다. 한데 갑자기 그 도둑의 행방은 왜 찾는 것일까? 그것도 이천 냥이나 되는 거금을 내고.

물어보고 싶은 마음이 목구멍까지 차올랐지만, 그녀는 애써 참았다. 이화운의 성격상 이 자리에서보단 나중에 둘이 있을 때 묻는 것이 그나마 대답을 해 줄 확률이 높을 것이다.

그녀는 서공찬을 보며 살짝 인상을 찡그렸다.

"고작 그의 행방을 알려주는 데 이천 냥이나 받아먹는다고?"

"그만한 가치가 있는 정보니까."

설수린이 이번에는 이화운에게 물었다.

"한데 당신은 어떻게 알았죠? 이 정보가 이천 냥인 줄은?"

"예전에 다른 정보를 사 본 적이 있었으니까."

"정말 당신이란 사람은……."

알다가도 모를 사람이란 생각이 들었다. 어쨌든 대단한 것은 대단한 것이고.

"너무 비싸다. 좀 깎자."

저 돈을 모으려면 대체 몇 년을 벌어야 할까?

서공찬은 어림없다는 표정으로 대답했다.

"그를 찾는 사람이 한둘이 아니야. 한데 이천 냥이 비싸다고?"

그의 대답에 설수린의 입꼬리가 살짝 말려 올라갔다.

"그래서? 대체 누구에게 팔 건데? 강호의 거물들 심기를 건드린 자라면서? 그런 자의 행방을 아무에게나 팔았다가 그 뒷감당은? 그래서 지금까지 못 팔고 있었던 거 아니야?"

"……!"

그녀의 추측은 정확했다. 서공찬은 누구보다 잘 알았다. 정보 하나를 잘못 다뤘다간 목이 달아난다는 것을. 누울 자리를 보고 다리를 뻗으란 말은 정보 상인들을 위한 말이기도 했다.

"그렇다 하더라도 이 정보만은 제값을 받아야겠다. 설사 그냥 날려 버리는 한이 있더라도."

서공찬이 이화운을 올려다보며 말했다.

"자, 어떻게 하시겠소?"

이화운은 고개를 한 번 끄덕였고 서공찬은 재빨리 탁자의 돈을 품에 넣었다.

"아! 아깝다. 진짜 도둑놈은 여기 있는데."

설수린의 탄식에 서공찬은 흐뭇한 미소를 지었다. 천 냥 이상의 정보는 팔기가 쉽지 않았다. 그런데 이천 냥이나 하는 정보를, 그것도 그냥 날려 버릴 가능성이 많았던 정보를 팔아치운 것이다.

"대답해 주기 전에, 하나만 물읍시다."

서공찬의 말에 이화운은 고개를 끄덕였다.

"우리가 그에 대한 정보를 갖고 있다는 것은 어떻게 알았소?"

분명 상대는 자신이 무영신투에 대한 정보를 알고 있다는 것을 확신하고 있었다.

"저기!"

그러자 이화운은 한옆 벽에 걸린 지도를 쳐다보았다. 그곳에는 작은 깃발들이 가득 꽂혀 있었는데, 각기 다른 색깔의 깃발들이었다. 수십 개의 깃발이 이곳저곳 정신없이 꽂혀 있어서, 대체 무엇을 나타내기 위해 꽂아둔 것인지 짐작조차 어려웠다. 짐작하건대 직업 소개와 관련한 여러 위치를 표시한 것처럼 보였다.

"설마?"

서공찬이 벌떡 자리에서 일어났다.

그 깃발들 중 푸른색 깃발은 바로 무영신투가 강호인의 집을 턴 위치를 표시한 것이었다. 정보가 보관된 금고는 털릴 수 있지만, 이렇게 드러내서 쓸데없는 정보와 섞어 버리면 오히려 유출을 막을 수 있었다. 그 누구도 그런 귀중한 정보를 저렇게 사람들이 다 보는 곳에 노출해 놓았을 것으로 생각하지 않을 것이기에.

"그렇다면 당신은 그가 누구 집을 털었는지 정확히 알고 있었군?"

이화운이 고개를 끄덕였다.

"어떻게 그것을?"

서공찬의 목소리가 떨렸다. 무영신투가 누구의 집을 털었는지는 최고 가치의 정보였다.

다음 순간, 서공찬이 흠칫 놀랐다.

"그것을 알고 있었다 하더라도……."

그의 두 눈에 의구심이 가득 피어올랐다.

"저 복잡한 지도에서 어떻게 푸른색 깃발의 위치를 알아본 것이지?"

여러 가지 색깔이, 그것도 수십 개의 깃발이 꽂혀 있는데 이화운은 그중에서도 정확히 푸른색 깃발이 꽂힌 위치가 자신이 알고 있던 위치와 일치한다는 것을 알아본 것이다. 그것도 자세히 살핀 것도 아니고 힐끗 한 번 본 것만으로.

"저기 꽂혀 있지 않소?"

"날 놀리려는 것이오?"

그때 설수린이 피식 웃으며 말했다.

"그는 놀리는 것이 아니야. 정말 슬쩍 보고 알아본 거야."

설수린의 표정은 진지했다. 그랬기에 서공찬은 더욱 혼란스러웠다.

설수린은 내심 다시 한 번 감탄했다.

정말이지 이 사람, 어마어마하구나. 이 말이 사실이라는 것을 도대체 누가 믿겠느냐고.

그녀는 서공찬을 이해했다. 자신이라면 절대 믿지 못했을 것이다.

설수린이 이화운을 가만히 응시했다.

이 사람은 무영신투의 존재에 대해 정확히 알고 있었다. 그가 누구의 집을 털었는지. 어쩌면 무엇을 털었는지까지 알고 있을지도 모르겠다는 생각이 들었다.

결국, 그는 중경의 산속 오두막에서 세상과 단절된 삶을 산 것이 아니란 뜻이었다. 그는 누군가에게 이런 고급 정보들을 계속 얻고 있었던 것이다. 돈을 주고 샀던지, 혹은 자발적으로 누군가 전해줬던지.

그녀는 다시 이화운과의 어떤 거리감을 느꼈다.

그에 대해 모르겠다는 생각이 드는 한, 결코 좁힐 수 없는 거리일 것이다.

하지만 한 가지 위안은 있었다. 적어도 그는 이러한 사실을 자신에게 감추지 않는다는 점이었다.

그녀만큼이나 머릿속이 복잡한 서공찬이었지만, 돈을 받았으니 정보를 내주어야 했다.

"무영신투는 이곳에서 북쪽으로 백여 리 떨어진 성가촌(盛家村)의 송화객잔(松花客棧)에 묵고 있소."

이화운은 두말하지 않고 돌아서서 그곳을 나갔다.

설수린이 뒤따라 나가려는데 서공찬이 불쑥 말했다.

"무슨 일인지 모르겠지만……."

그녀가 돌아보자 서공찬은 조심스럽게 덧붙였다.

"……이번 일은 꽤 위험해 보여."

"설마 지금 나 걱정하는 거야?"

"그럴 리가! 너 죽으면 더 더러운 놈이 와서 괴롭힐 것 같아서 그런다."

"그러니 있을 때 잘해. 고로 다음 정보는 공짜 예약!"

문을 닫고 나가는 그녀를 보며 서공찬은 피식 웃었다. 이런 큰 거래를 성사시켰으니 그 정도는 충분히 해 줄 수 있을 것이다.

서공찬의 시선이 다시 벽의 지도를 향했다.

"정말이란 말이지?"

설수린과 함께 온 것이 아니었다면, 자신을 함정에 빠뜨리려는 수작이라 생각했을 것이다. 하지만 설수린은 믿을 만한 사람이었다. 그녀가 그렇다고 한다면, 정말 그런 대단한 능력을 발휘했을 것이다.

무영신투가 자신의 정보망에 들어오고, 곧이어 이런 대단한 사람이 출현하고.

그의 본능이 속삭였다. 뭔가 아주 위험한 일이 벌어지기 시작했다고.

서공찬은 두려움보다는 짜릿함을 느꼈다. 위험이 클수록 들어오는 돈도 큰 법이니까.

* * *

삼호는 자신에게 말했다. 살아 돌아온 쪽에 활짝 웃어 주라고. 하지만 육호는 살아 돌아온 구호를 보며 결코 웃어 주지 못했다.

'대체 어떻게 알았지?'

삼호는 분명히 이 결과를 알고 있었다.

한편, 구호는 두려웠다. 두 번이나 임무에 실패한 자신을 조직에서 제거하려 들지도 모를 일이었다.

그녀는 돌아오지 않고 어딘가로 멀리 달아날까도 고민했다. 아무리 무서운 조직이라고 하지만, 깊은 산 속으로 숨어 버리거나, 새외의 작은 마을에 정착하면 찾지 못할 것이다.

하지만 그녀는 그렇게 살고 싶지 않았다.

그게 돌아온 첫 번째 이유였고, 거기에 또 다른 이유가 하나 더 있었다. 이화운이 자신에게 남긴 말.

"그리고…… 그가 전하라고 했습니다. 이제 그만 잊으라고."

"뭣이?"

육호는 깜짝 놀랐다.

"누구에게 말이냐?"

그 순간 구호는 그 대상이 적어도 육호는 아님을 알 수 있었다. 그 역시 이화운에 대해서 알고 있는 것이 하나도 없었다.

구호는 조심스럽게 고개를 내저으며 말했다.

"말해 주지 않았습니다."

육호의 표정이 굳어졌다. 누구에게 말을 전하는지는 모르겠지만, 적어도 상대는 자신들의 존재에 대해 알고 있다는 뜻이었다.

'빌어먹을! 그렇게 중요한 일을 나에게조차 숨긴 채 진행했다는 말이지?'

그는 삼호에게, 또한 이 조직에 화가 났다. 모든 것을 알려 주지 않는다는 것은 자신을 믿지 않는다는 것이고, 그 말은 곧 언제든지 희생양으로 삼을 수 있다는 뜻이라는 것을 잘 알았기에.

'하지만 그렇게 쉽게 너희 뜻대로 되진 않을 것이다.'

구호는 육호의 표정에서 그런 상념을 읽었다.

그녀의 생각 역시 그와 다르지 않았다.

'미안하지만 끝까지 살아남는 것은 나라고.'

그런 속마음을 감춘 채 그녀가 침묵을 깼다.

"전각주가 죽었다고 들었습니다."

그녀의 말에 육호가 고개를 끄덕였다.

"혹시 우리 작품인가요?"

육호는 아무 대답도 하지 않았지만, 그 침묵에 담긴 뜻은 분명 긍정이었다. 실제로 전각주를 죽이는 일은 삼호가 직접 계획한 일이었다. 과연 비상한 머리의 그녀답게 결과도 성공적이었다.

구호는 궁금했다. 왜 전각주를 죽였는지. 누구를 이용해서 어떻게 죽였는지.

하지만 그녀는 묻지 않았다. 괜히 나설 때가 아니었다. 이대로 조용히 자신의 임무 실패가 넘어가기를 바랄 뿐이었다.

잠시 생각에 잠겨 있던 육호가 발걸음을 옮기며 말했다.

"가자. 함께 갈 데가 있다."

육호는 그녀를 삼호에게 데려갈 생각이었다. 물론 허가받지 않은 일이었다. 이 때문에 문제가 생길 수도 있었다. 하지만 육호는 이대로라면 어차피 죽는 것은 시간문제라고 판단했다. 뭔가 변수를 만들어 내야 했다.

'큰 그림을 그린다고 했나? 좋아, 그림은 너희 마음대로 그려라. 대신 적어도 색깔은 내가 고르겠다.'

* * *

이화운과 설수린이 진구의 집에 도착했을 때 전호가 그 앞에서 기다리고 있었다.

미리 연락을 받은 그가 한 발 먼저 와서 일 차 조사를 마친 것이다. 일 눈치 하나만큼은 누구보다 빠른 그였기에 믿고 맡길 수 있었다.

"진구. 전각 육 년 차. 성격은 내성적. 한 가지 일에 꽂히면 그것에만 매진하는 성격이었다고 합니다. 삼 년 전 혼례를 올리기 직전 파혼을 당했고. 이후 한동안 술에 빠져 살다가 극복. 지금까지 별일 없이 지내왔다고 합니다. 이웃들과도 별다른 문제는 없었고요."

전호의 보고에 설수린이 만족스럽게 고개를 끄덕였다. 과연 일 처리가 비상한 전호답게, 짧은 시간에 제법 많은 것을 조사한 것이다.

"현재 집은 비어 있습니다. 어제 아침에 나가서 아직 집에 돌아오지 않았다고 합니다. 자, 들어가시죠."

앞장서려는 그를 설수린이 말렸다.

"넌 이만 돌아가. 갑호령이 떨어진 상황인데, 가서 신화대를 지켜."

"몸통이 가는데 오른팔이 가야죠."

"됐어. 오늘 하루만 외팔이 할 테니까, 가서 애들부터 추슬러."

두 사람의 시선이 얽혔다. 전호는 느낄 수 있었다. 그녀가 위험한 일에서 일부러 자신을 빼 주려 한다는 것을. 잠시 고민하던 전호는 미소를 지었다.

"알겠습니다. 문제가 생기면 곧장 연락 주십시오."

어쩐 일인지 전호가 순순히 물러섰다. 사실 전호 역시 이번 일이 위험하다는 것을 느끼고 있었다. 그래서 고집을 부려서라도 그녀 옆을 지키고 싶었다.

하지만 이화운을 믿는 마음도 컸다.

'그라면……'

분명 설수린을 잘 지켜 줄 것이다. 정말 이번 일이 위험하다면, 이화운이 지켜 줘야 할 사람이 둘인 것보다 그녀 하나인 것이 나을 것이다. 때론 물러서는 것이 상대를 위한 현명한 선택이기에.

이화운과 전호의 눈빛이 허공에서 얽혔다. 전호가 눈빛으로 부탁했다. 설수린을 잘 부탁한다고. 역시 이화운은 눈빛으로 그러겠다고 대답했다.

저 멀리 걸어가는 전호를 보며 이화운이 나직이 말했다.

"부럽군."

"네? 뭐가요?"

잘못 들었나 싶어 재차 되물었지만, 이화운은 마치 아무 말도 하지 않은 것처럼 성큼성큼 진구의 집으로 걸어 들어갔다.

뒤따라 들어가며 그녀는 장난스럽게 말했다.

"그렇게 많이 가지신 양반이 대체 뭐가 부러워요?"

* * *

그곳은 비어 있었다.

방 곳곳에 술병들이 굴러다니고 있었고 옷가지가 여기저기 널려 있었다.

"엉망진창인데요?"

근래 진구의 마음이 어떤지를 알 수 있었다.

하긴, 돈은 돈대로 쓰면서 좋아하는 여인의 마음을 얻지 못하고 있었으니 많이 괴로웠을 것이다.

상대는 순진한 남자 하나를 요리하는 것쯤은 문제도 아니었을 테니

까.

"그를 찾으려면 주점과 기루를 싹 뒤져야 할 것 같은데요?"

그는 어딘가 주점 구석에 만취한 채로 엎드려 있을 것 같았다.

"그럴 필요 없다."

"네? 왜요?"

"이걸 봐."

이화운이 바닥에서 무엇인가를 주워 들었다. 그것은 손바닥보다 작은 철패였는데 그 가운데 전각이란 글자가 표시되어 있었다. 바로 전각 소속임을 알려주는 신분패였던 것이다.

비밀 임무를 나갈 때는 두고 나가지만, 평소에는 지니고 다녀야 하는 것이었다. 전각뿐만 아니라 모든 무림맹 무인들은 고유의 신분패가 있었다.

"이게 떨어져 있다는 말은…… 설마?"

그녀의 말에 이화운은 무겁게 고개를 끄덕였다.

"그는 이미 죽었다."

안타까운 마음에 그녀가 물었다.

"혹시 실수로 흘린 것은 아닐까요?"

이화운은 고개를 가로저으며 한옆의 벽을 쳐다보았다. 그곳에 세워진 작은 판자에 몇 자루의 검과 십여 개의 비수가 걸려 있었다.

"방은 더러워도 병장기만은 잘 정리되어 있다. 아무리 방황을 해도 신분패를 흘리고 다닐 성격은 아니란 뜻이지."

"그렇군요. 그의 신변에 문제가 생긴 것이군요."

지금까지 보여준 이화운의 능력으로 볼 때, 분명 그의 예측은 맞을

것이다.

　살인멸구(殺人滅口), 즉 죽여서 비밀이 새어 나가는 것을 막은 것이다. 그리고 그의 시체는 인적 드문 곳에 묻혔겠지.

　설수린은 가슴이 무거워졌다.

　전각주를 암살한 무서운 자들이었다. 그 일에 쓰인 무인을 없앤 것은 어쩌면 당연한 일일지 모른다는 생각이 들었다.

　"애초에 그에게 접근한 여인조차 그들이 고용한 여인일지도 모르겠군요."

　"그럴 가능성이 높지. 만약 그렇다면…… 그녀 역시 죽었을 것이다."

　한숨을 길게 내쉰 설수린이 조금 심각한 표정으로 말했다.

　"가끔 두려울 때가 있어요."

　"뭐가?"

　"자신의 욕심을 위해 다른 사람을 이렇게 쉽게 죽여 버리는 사람들의 마음이요. 어떻게 그럴 수 있죠?"

　"……."

　설수린이 바닥에 떨어진 옷가지를 하나 주워들었다.

　"아직 혼례조차 못 올린 새파란 청춘인데."

　강호는 비정하다.

　특히 악인들이 권력이나 돈, 혹은 어떤 욕망을 향해 미쳐 날뛰기 시작하면 그야말로 피바다가 되는 것은 순식간의 일이다.

　이 모든 일도 그 '강호 멸망'과 관련된 것일까? 혹은 그와는 별개의 일일까?

아직은 알 수 없는 일이었다.

두 사람이 밖으로 나왔다.

그들이 막 대문을 나섰을 때, 세 명의 무인이 그곳으로 걸어왔다. 가운데 선 사내는 이화운과 설수린도 아는 사람이었다. 바로 칠대의 원길이었다.

두 사람을 발견한 원길이 흠칫 놀랐다.

이번에 다시 설수린이 석방되면서 이제 맹주가 진심으로 그녀를 사랑한다고 확실히 오해한 그였다.

원길이 정중히 인사를 건네 왔다. 그가 왜 이곳을 찾았는지 대충 짐작이 갔지만, 모른 척 물었다.

"여긴 무슨 일이죠?"

"여기 저희 칠대원 진구가 사는 집입니다."

"그런데요?"

"그는 오늘 무단으로 결근했습니다."

전각에서는 이번 일을 직접 해결하기 위해 필사적으로 노력 중이었다. 평소라면 누군가 하루 빠졌다고 이렇게 직접 조사를 나오지 않았다. 하지만 지금은 작은 것 하나라도 놓치지 않으려고 애쓰고 있었다.

"한데 두 분께선 여기 어쩐 일이십니까?"

"지나가던 길이었어요."

"아, 네."

원길은 석연찮은 눈빛을 보냈지만 그렇다고 의심하며 따지고 들지는 못했다.

원길과 헤어진 이화운과 설수린은 그곳에서 멀리 떨어진 곳에서 멈쳐 섰다.

"이제 어쩌죠?"

"또 다른 정보를 따라가야지."

무려 이천 냥이나 든 정보. 바로 무영신투를 의미했다.

대체 이화운은 왜 그를 찾으려는 것일까?

설수린은 진지한 표정으로 물었다.

"이제 말해 줘요. 왜 그를 찾으려는 거죠?"

잠시 그녀를 응시하던 이화운은 때가 되었다고 생각했는지 순순히 대답해 주었다.

"남궁정의 머리에 난 상처, 기억나지?"

"물론이에요. 독을 누르기 위해 운기조식을 할 때, 흉수는 뒤에서 접근해서 그의 머리를 지그시 눌렀죠. 그 한 수에 남궁정은 즉사했고."

"그랬지. 당시 남궁정은 이미 극독에 중독된 상태였어. 그 말은 누군가 자신을 기습했다는 것을 알고 있었다는 말이지."

"그렇지요."

그녀는 거기까진 깊게 생각해 보지 않았다.

하지만 이화운은 그 상황을 아주 꼼꼼하게 분석한 후였다.

"그 말은 곧 운기조식을 하고 있더라도 주위의 상황에 모든 촉각을 곤두세우고 있었을 것이란 말이지."

설수린은 공감했기에 고개를 끄덕였다.

"누구라도 그에게 쉽게 다가가지 못했겠군요."

"더구나 그곳이 너른 공간의 연공실이라면 더욱 그렇겠지."

설수린은 그때의 상황이 머리에 그려졌다.

독에 중독된 채 남궁정은 필사적으로 운기조식을 했을 것이다. 그러면서도 누군가 기습을 해 올 것을 대비하며 주위를 살폈을 것이다.

"누군가 다가서는 기척을 느꼈다면 몸에 무리가 가더라도 운기조식을 멈추고 대항했을 거야. 하지만 그는 속수무책으로 당하고 말았지."

"그러니까 보통 사람의 무공으로는 접근할 수가 없었을 것이다?"

"그렇지. 그게 가능해지려면 특출난 방법이 필요해."

"아!"

이제야 알 것 같았다. 왜 그가 무영신투를 찾으려는지.

"바로 무영신투가 그 방법을 제공한 것이군요."

"그렇지. 그림자처럼 숨어드는 것, 바로 그의 특기지."

설수린은 잠시 멍한 표정으로 이화운을 응시했다. 듣고 나니 별것 아닌 것 같았지만, 듣기 전에는 절대 알 수 없었던 일이었다.

"언제 알았죠? 이번 일에 무영신투가 개입했다는 것을?"

"대체 어떻게 접근한 것일까 하고 계속 의문을 가졌지. 열양조의 고수중에서 그런 뛰어난 경신술을 지닌 자가 있다는 말은 들어본 적이 없거든. 그런데……."

"서공찬의 방 벽 지도에서 무영신투의 행적을 발견했군요."

이화운이 고개를 끄덕였다.

설수린의 한숨에 감탄과 탄식이 뒤섞였다.

이화운은 정말이지 자신과는 완전히 다른 뇌 구조를 지닌 것이 틀림없다는 생각이 들었다.

이화운이 앞장서 걸으며 말했다.
"과연 그런지 가서 확인해 보자고."

* * *

육호와 구호가 정육점으로 들어서고 있었다.

삼호는 전에 만났던 그 방에서 고기를 다듬고 있었다. 두 사람이 들어서는 것을 힐끗 쳐다보고는 말없이 하던 일을 계속했다.

육호와 구호는 묵묵히 그녀가 일을 끝내기만을 기다렸다.

허락 없이 구호를 데려왔기에 육호는 내심 긴장하고 있었다. 까닥 잘못하다간 저 작은 칼에 오늘 이 자리에서 죽을 수도 있었다.

그런 사정을 알 리 없는 구호는 삼호의 절도 있는 손놀림을 보며 감탄하고 있었다.

칼질 하나하나에 숨 막힐 것 같은 압박감을 느꼈다. 자신은 그녀의 공격을 단 한 수도 막지 못할 것 같았다.

'엄청난 고수다.'

이렇게 대단한 고수는 만나 본 적이······.

'아, 있었군.'

다음 순간 그녀는 이화운을 떠올렸다. 물론 이화운의 느낌은 저 삼호와는 달랐다.

'과연 저 칼로 이화운을 죽일 수 있을까?'

동시에 구호는 깨달았다.

두 사람을 비교했을 때 삼호보다 이화운이 더 강하다고 생각하고 있다는 것을. 만약 삼호가 강하다고 여겼으면 이런 생각이 떠올랐을 것이다.

'과연 저 칼을 이화운이 막아낼 수 있을까?'

새삼 이화운이 두렵게 느껴졌다. 그런 사람을 두 번이나 죽이러 갔다니. 살아 돌아온 것은 그야말로 하늘이 도운 것이라 할 수 있었다.

삼호가 칼질을 멈추고 한옆에 쪼그리고 앉아 손을 씻었다.

그제야 육호가 입을 열었다.

"그가 전하라고 한 말이 있다고 합니다."

"뭐죠?"

삼호는 돌아보지 않은 채 물었다.

"그가 전하라고 했습니다. 이제 그만 잊으라고."

구호의 조심스러운 대답을 들은 삼호의 입가에 묘한 미소가 지어졌다. 육호는 그녀의 표정 변화에 주목했고, 덕분에 한 가지 확신을 내릴 수 있었다.

'삼호는 확실히 중경의 이화운에 대해 알고 있군.'

삼호가 자리에서 일어나 한옆에 걸린 수건으로 손을 닦으며 말했다.

"과연 그는 하나도 변하지 않았군요."

육호도, 구호도 알 수 없는 말이었다. 한 가지 분명한 것은 그녀는 이화운이 전하라는 말까지 예상하고 있었다는 점이었다.

삼호가 한옆으로 걸어가 벽장을 열었다. 그곳에서 술병과 잔 세 개를 꺼냈다.

술을 가득 채운 후, 두 사람에게 건네주었다. 육호와 구호가 조심스럽게 술잔을 받았다. 술잔을 받으면서 구호는 내심 조마조마했다.

'혹시 나를 제거하기 위해 술에 독을 탄 것은 아닐까?'

하지만 이내 그럴 리가 없다는 생각이 들었다. 자신을 죽이려면 삼호까지 나설 필요도 없이, 육호의 손에 죽었을 테니까. 굳이 이곳까지 끌려올 필요가 없었던 것이다.

구호는 술잔을 단숨에 비웠고 그에 비해 육호는 살짝 입만 가져다 댔다.

삼호는 마치 두 사람의 심리 상태를 꿰뚫어 보는 듯한 눈빛으로 그 모습을 지켜보았다.

삼호는 담담한 어조로 구호에게 말했다.

"앞으로도 조직을 위해 헌신해 주세요."

"네. 목숨을 다해 충성하겠습니다."

"그러리라 믿어요. 그럼 먼저 돌아가세요."

구호가 정중히 인사를 한 후 그곳을 나갔다. 그녀의 마음은 복잡했다. 일이 어떻게 돌아가는지 알 수 없었기에 그녀는 두려운 마음이 들었다. 하지만 그 와중에도 한 가지 결심은 잊지 않았다.

'두고 봐. 난 절대 죽지 않아.'

구호가 그곳을 떠나자 비로소 삼호의 표정이 변했다. 앞서 구호를 대하던 친절한 표정은 온데간데없이 사라졌다.

고기를 손질하던 네모난 칼에서 어마어마한 살기가 휘몰아쳐 나왔다.

살기와 더불어 그녀의 서늘한 눈빛을 마주하자 육호는 숨이 턱 막혀왔다. 온몸의 털이 일제히 곤두서며 죽을 수도 있다는 공포심이 그를 덮쳤다.

하지만 육호는 그녀의 시선을 피하지 않았다. 이 자리에서 죽는 한이 있어도 물러서지 않을 작정을 하고 왔다. 그녀를 이기려는 것이 아니었다. 어차피 머리를 쓰든, 무공으로든 그녀를 이길 수 없다는 것을 잘 알고 있었으니까.

구호를 데려온 것은 단순한 반항이 아니라, 변화를 위한 승부수였다.

삼호가 천천히 다가섰다. 그녀가 내뿜는 살기는 단순히 겁을 주는 차원이 아니었다. 정말이지 육호를 죽일 기세였다. 그녀는 이번 일을 단지 구호를 이곳에 데려왔다는 규칙 위반의 차원이 아니라, 중요한 명령을 어겼다는 항명(抗命)으로 받아들이고 있었다.

육호는 검을 뽑고 싶은 마음을 억지로 참았다. 두려운 마음에 자꾸 검으로 손이 가려고 했다.

'뽑으면 정말 죽는다.'

삼호는 손을 뻗으면 닿을 거리까지 다가왔다. 이대로라면 개죽음을 당할지도 모른다는 불안감이 육호를 흔들었다. 육호의 의지가 아니라, 생존 본능이 삼호의 살기에 저항하는 것이었다.

육호는 이를 악물었다. 자신이 할 수 있는 모든 심력을 소모해서 그 유혹에 저항했다. 다리가 후들거리며 금방이라도 쓰러질 것만 같았다.

그리고 마지막 순간, 육호는 이 기 싸움에서 승리했다.

삼호가 살기를 거둬들인 것이다. 그녀는 기분 좋게 웃으며 말했다.

"이래서 그대가 마음에 들었지요."

그를 끌어들인 사람이 바로 삼호였으니까. 그 가장 큰 이유가 바로 이 강인한 정신력 때문이었다.

삼호는 원래의 차분한 모습으로 돌아와 있었다.

육호는 확실히 느꼈다. 조금 전 그녀는 진짜 자신을 죽이려 들었다는 것을. 하지만 지금 그녀의 평온한 얼굴 어디에도 그런 비정함은 보이지 않았다. 그것이 바로 그녀의 무서운 점이었다.

"왜 그대답지 않게 규칙을 어겼죠? 불안했나요?"

육호는 부정하지 않았다. 더 정확히 말하자면, 불안하기에 화가 난 상태이리라.

"전 개죽음 당하고 싶지 않습니다."

"솔직하지 못하군요."

"네?"

"그대는 지금 죽어선 안 될 처지지 않나요? 개죽음이든, 뜻있는 죽음이든."

"……."

그녀는 자신의 처지를 아는 유일한 사람이었다.

"그대가 죽으면 그녀도 죽게 될 테니까."

삼호의 말에 육호의 한쪽 볼이 파르르 떨렸다.

분노보다는 무기력함이 밀려들었다. 지켜야 할 것이 너무 소중하고 간절하면…… 오히려 무력한 느낌이 들기도 하는 법이니까.

"이만 돌아가세요."

"그 전에 한 가지만 여쭙겠습니다."

"뭔가요?"

무영신투 155

"중경의 이화운은 대체 누굽니까? 우리와 어떤 관계가 있습니까?"

삼호는 아무 대답이 없었다. 하지만 육호는 그녀를 재촉하지 못했다. 그녀의 표정은 그 어느 때보다 심각해져 있었던 것이다.

이윽고 한참이 지나고 삼호가 입을 열었다.

"……그는 정말 무서운 사람이지요."

육호는 그녀가 진심으로 이화운을 두려워한다는 것을 느꼈다.

그 말을 끝으로 삼호는 더는 아무 말도 하지 않았다.

육호는 이 정도 대답이면 충분하다고 생각했다. 삼호는 자신을 위해 하지 말아야 할 말까지 해 준 것이다.

"부디 오늘의 무례는 용서해 주시기를."

정중히 인사를 한 후 육호가 돌아섰다.

막 문을 열고 나가려는 그의 등으로 삼호가 말했다.

"하지만 그는 곧 죽을 거예요."

육호가 돌아보았을 때 그녀는 다시 고기를 다듬기 시작했다.

사악, 사악.

고기를 발라내는 그녀의 손길이 왠지 섬뜩해 보였다.

"반드시 죽여야 하죠. 그를 죽이지 못하면 우리가 모두 그의 손에 죽게 될 테니까."

"……!"

모두가 죽게 될 것이란 말이 의미심장하게 들려왔다. 언제나 자신만만하던 그녀의 입에서 처음으로 절망을 듣는 순간이었다.

두 사람의 시선이 마주쳤다.

육호는 그녀의 입가에 담긴 옅은 미소에서 어떤 자신감을 보았다.

그녀라면 믿을 수 있었다.

중경의 이화운은 반드시 죽게 될 것이다.

다시 한 번 그녀에게 고개를 숙여 인사한 후 육호는 그곳을 나왔다.

정육점이 있는 그곳 저잣거리는 밝고 활기찼다. 아이들이 웃으며 뛰어다녔다. 조금 전의 대화와 너무나도 큰 이질감이 드는 장면에 육호는 잠시 발걸음을 멈추고 하늘을 올려다보았다.

그의 마음속에 하나의 얼굴이 떠올랐다. 언제나처럼 삶의 용기를 주는 얼굴이었지만…… 적어도 오늘만큼은 마음이 무거웠다.

'내가 이 싸움에서 살아남을 수 있을까?'

第六章
수색

天下第一

늦은 오후, 이화운과 설수린은 서공찬이 알려준 송화객잔으로 들어섰다.

점소이가 두 사람을 반갑게 맞았다.

"어서 오십쇼!"

"묵어갈 방 있나요?"

점소이는 대답도 잊은 채 그녀 얼굴만 쳐다보았다. 이렇게 아름다운 여인은 점소이 생활을 한 이래 처음이었다.

"있어요?"

"아, 물론입지요."

점소이는 이화운을 부러운 눈빛으로 바라보았다.

설수린은 의기양양한 미소를 지으며 점소이에게 말했다.

"기왕이면 매화실(梅花室)로 부탁해요."

"네. 따라오시지요."

이 층으로 올라가며 점소이가 물었다.

"저희 객잔에 오신 적이 있으십니까?"

아무리 기억을 떠올려도 이 아름다운 여인을 손님으로 받은 적은 없었던 것이다.

"처음이에요."

"한데 매화실이 있다는 것은 어떻게?"

"지인에게 들었어요. 그곳의 전망이 좋다고."

물론 전호를 통해 알아낸 정보였다. 매화실은 바로 무영신투가 묵고 있다는 난초실(蘭草室)의 옆방이었다. 일단 그곳에 묵으면서 무영신투를 감시하려는 것이다. 목적은 그를 잡는 것이 아니라, 그 배후에 있는 자들을 찾는 것이었기에.

행동을 신중히 해야 했다. 무영신투는 워낙 경공술이 뛰어난 자라서 잠깐 방심하면 달아나 버릴 수 있었다.

점소이의 안내를 받으며 두 사람은 매화실로 들어섰다.

문을 닫자마자 설수린은 한쪽 벽에 귀를 가져다 대며 이화운에게 전음을 보냈다.

『난초실이 이쪽이죠? 다행히 나무로 된 벽이네요.』

"왜 전음으로 말을 하지?"

『쉿! 조용히 해요! 무영신투도 옆방에 든 우리 대화를 엿듣고 있을지 모른다고요.』

"그럴 수도 있겠지."

『대체 왜 그래요? 놈에게 들키고 싶어요?』

"그는 지금 방에 없어."

"네? 없어요?"

이화운이 고개를 끄덕이자 설수린은 머쓱한 표정으로 물었다.

"어떻게 알았어요?"

"오면서 그의 방을 지나쳐 왔잖아. 못 느꼈어? 빈방인 것?"

"당연히요. 전 문밖을 지나치면서 안에 사람이 있나 없나를 알아내는 재주가 없다고요!"

설수린은 침상에 걸터앉더니 이내 벌러덩 누웠다.

"아, 좀 쉬죠."

오랜 무림맹 생활에서 그녀가 터득한 지혜 중 하나, 쉴 수 있을 때는 무조건 쉬자였다.

그때 이화운이 침상 쪽으로 다가왔다.

"헉! 설마 나쁜 짓을 하려는 것은 아니겠지요? 드디어 참고 참았던 본색을……."

"드러낼 일은 절대 없고."

이화운은 침상 옆에 놓인 의자를 가져가서 조금 떨어진 곳에 앉았다.

비스듬히 누운 채 그녀는 이화운을 쳐다보았다. 문득 이화운이 사랑을 해 봤을까 궁금해졌다. 해 본 것 같기도 하고, 아닌 것 같기도 했다.

전호에게 물어보면 알 수 있을 것이다. 적어도 여자 문제라면 녀석의 판단을 믿어도 될 테니까.

"당신은 걱정 안 돼요?"

"무슨 걱정?"

그녀는 조금 과장된 어조로 말했다.

"맹주가 사랑하는 여인과 벌건 대낮에 객잔에 투숙! 음흉한 속셈을 드러내는데!"

"또 한 문장에 세 번이나 틀리는군."

맹주가 사랑하는 여인도 아니고, 해가 지고 있으니 벌건 대낮도 아니고, 음흉한 속셈은 더욱이 아니란 뜻일 것이다.

그녀는 아랑곳하지 않고 스산한 목소리로 속삭였다.

"맹주님께 과잉 충성하려는 사람들이 당신을 죽이려 들지도 모를 일이죠."

"상관없어."

"그러시겠죠."

피식 웃는 이화운을 따라 그녀도 웃었다.

처음에는 황당했지만, 이제는 이화운의 저런 자신감과 여유가 나쁘지 않게 느껴졌다. 위험한 상황이 계속되고 있는데 불안에 벌벌 떠는 사람과 함께 있는 것보단 나을 테니까.

몸을 일으켜 침상 끝에 걸터앉으며 그녀가 물었다.

"놈들이 무영신투도 살인멸구하려 들까요?"

그녀는 어쩌면 무영신투 역시 이미 죽었을지도 모른다는 생각이 들었다.

"그럴 가능성이 크지."

"혹시 그를 같은 편으로 끌어들였을 수도 있잖아요?"

"그건 아닐 거야."

"왜죠?"

"무영신투는 어딘가에 매이는 것을 극도로 싫어하는 성격이거든."

"어떻게 그걸? 참, 당신은 그가 어딜 털었는지도 다 알고 있었죠?"

그렇다면 당연히 무영신투의 성격 정도는 알고 있을 것이다.

그때 이화운이 불쑥 물었다.

"궁금하지? 왜 내가 그에 대해서 잘 알고 있는지?"

"입장을 바꿔 봐요. 안 궁금할지."

"그는 과거에 내가 아는 사람의 물건을 훔쳤어. 그래서 그에 대해서 잘 알게 되었지."

"아!"

감탄을 내뱉은 그녀가 빠르게 물었다.

"그를 잡아 달라는 부탁을 받았군요."

이화운은 고개를 끄덕였다.

"부탁은 아니었지만…… 결과적으론 내가 그를 추적하게 되었지."

뭔가 사연이 있음 직한 말이었지만, 그녀는 그에 대해선 묻지 않았다.

"그래서 잡았나요?"

이화운이 고개를 가로저었다.

"대신 그때 비홍묘를 얻었지."

"아! 그를 잡기 위해 비홍묘를 구했던 것이군요."

"그는 워낙 신출귀몰한 데다가 조심성도 많고, 눈치도 빨랐지. 비홍묘가 없다면 절대 잡을 수 없을 정도로."

수색 165

"그래서요?"

"비홍묘를 구했을 때는 이미 그는 비홍묘조차 쫓을 수 없을 정도로 멀리 달아난 후였지."

"그렇다면 궁금한 점이 있어요."

"뭐지?"

"그렇게 조심성이 많은 자라면 왜 이곳에 묵었을까요? 이런 객잔은 오가는 사람이 많아서 결국 행적이 들통 나고 말 텐데요."

정보 상인인 서공찬에게 행적이 들킨 것도 그 때문일 것이다. 설수린은 고개를 갸웃하며 덧붙였다.

"아무리 천라지망이 펼쳐졌다 해도 무영신투라면 어딘든 더 확실한 곳에 숨어 있을 수 있지 않을까요?"

이화운도 같은 생각이라는 듯 고개를 끄덕이며 자리에서 일어났다.

"나도 그것이 궁금했지. 그래서 이곳까지 찾아온 것이고."

이화운이 자리에서 일어났다.

"어디 가요?"

이화운이 턱짓으로 벽을 가리켰다. 무영신투의 방에 들어가자는 뜻이었다.

설수린은 방문을 나서는 그의 뒤에 따라붙었다. 현재로선 무영신투가 전각주를 죽인 범인을 잡기 위한 유일한 단서였다.

두 사람이 무영신투의 방 앞에 멈춰 섰다. 이화운은 문을 천천히 살폈다. 누가 들어왔었는지를 확인하기 위해 꽂아둔 종이나 실을 찾는 것이었다.

"다행히 없는 것 같군."

그러고는 소매에서 비수를 꺼내 문 사이에 꽂았다.

그가 살짝 비수를 흔들자 거짓말처럼 잠긴 문이 열렸다.

"당신이 바로 무영신투군요!"

그녀의 나직한 속삭임에 이화운은 피식 웃었다.

두 사람이 조심스럽게 안으로 들어섰다. 이화운의 말처럼 방은 비어 있었다.

방 가운데 선 설수린은 예리한 눈빛을 뿜어내며 주위를 둘러보았다.

"뭐해?"

"당신처럼 해 보려고요. 눈 커다랗게 뜨고 단서를 찾아내는 중이죠."

"어떤 단서?"

"왜 그가 이곳에 묵고 있는지. 왜 놈들을 도와 줬는지."

잠시 그녀를 지켜보던 이화운이 물었다.

"그래서 찾아냈어?"

설수린은 두 눈을 부릅뜬 채 대답했다.

"아뇨. 눈이 너무 아파요."

그녀가 양손으로 두 눈을 비볐다.

그게 하루아침에 될 리가 없잖아.

이화운은 천천히 방 안을 둘러보며 말했다.

"분명 그는 이곳에 묵어야 할 이유가 있었어."

상대는 도둑이었다. 사람들이 중요한 것을 어디에 숨기는지 누구보다 잘 아는 그였다. 다시 말하면 누구도 찾지 못할 곳에 물건을 숨길 줄 안다는 뜻이기도 했다.

"중요한 것이 있다 하더라도 설마 객잔의 객실에 숨겨 뒀겠어요?"
"그 점을 노렸을 수도 있지."
이화운은 우선 침상을 살폈다. 침상 아래는 물론이고, 이불과 목침까지 꼼꼼히 살폈다.
그사이 설수린은 장식장을 열어서 안을 살폈다. 이화운처럼 보이지 않는 무엇인가를 찾아낼 자신이 없었으니, 보이는 곳이라도 샅샅이 뒤졌다. 허허실실로 쉽게 찾을 수 있는 곳에 뭔가를 던져 뒀을까 기대를 했지만, 장식장에도 서랍장에도 특별한 것은 들어 있지 않았다.
이화운은 꼼꼼하게 바닥을 살폈다.
다음으로 그가 손으로 매만지며 벽을 살폈다. 나무 벽을 톡톡 두드려 가며 조사하던 그의 손길이 멈췄다. 소리가 다른 곳이 있었던 것이다. 그곳은 어지간히 꼼꼼히 살피지 않으면 절대 발견할 수 없을 절묘한 위치였다.
이화운은 소맷자락에서 비수를 꺼내 조심스럽게 나무판자 사이에 끼워 넣었다.
이화운이 비수에 힘을 주자 판자가 부드럽게 빠져나왔다. 그 뒤 작은 공간에 납작한 가죽 주머니가 들어 있었다.
주머니를 열어 보니 그 안에 몇 겹으로 접힌 종이 한 장과 십여 장의 전표가 들어 있었다.
이화운은 조심스럽게 종이를 펼쳤다. 함께 그것을 확인하던 설수린이 깜짝 놀랐다.
"어? 이것은 집문서잖아요?"
그것은 분명 집문서였다. 적힌 내용으로 볼 때, 제법 살기에 괜찮은 집이었다. 거기에 백 냥짜리 전표가 열 장이었다.

"정착하려 한 것일까요?"

"그건 아닌 것 같군."

"왜죠?"

"그는 평생 집 없이 강호를 떠돈 사람이야. 이제 와서 집을 사서 정착한다는 것이 어울리지 않아. 더구나 이런 상황에서."

이화운은 그것을 다시 주머니에 넣고 제자리에 넣었다. 그리고 나무 판자를 원래대로 끼워 넣으며 말했다.

"누군가를 위해 남겨둔 거야. 객잔에 숨겨 두면 언제든 와서 찾아갈 수 있겠지. 아마 자신이 죽거나 떠나면 그 사람에게 이곳에 물건이 있다는 서찰이 전해지도록 배려해 뒀겠지."

사람이 많이 오가는 곳이지만 그렇기에 들키지 않을 것이란 생각도 들었다. 그녀 자신만 해도 객잔에 투숙했을 때, 그 벽에 뭔가가 숨겨져 있을 것이라고는 생각하지 않으니까.

"한데 왜 직접 주지 않고요?"

"감시당하고 있다고 생각했을 테니까. 그 사람에게 피해를 주지 않으려고 했겠지."

"그렇군요. 과연 누구를 위한 것일까요?"

이화운은 거기까진 모르겠다는 듯 고개를 가로저었다.

그때 뭔가 반짝 떠오른 설수린이 빠르게 말했다.

"아마 여자일 거예요."

"왜 그렇게 생각하지?"

"남자였다면 돈으로 남겨줬을 거예요. 집을 사도 알아서 사겠지요.

하지만 굳이 집문서를 남겨줬다는 것은 세상 물정 모르는 사람일 가능성이 있죠. 여자나 아이가 아닐까요?"

"그럴듯한 추측이다."

"정말요?"

이화운은 미소를 지으며 고개를 끄덕였다.

"당신에게 칭찬도 다 받고. 기분 좋은데요?"

그때 창밖으로 종달새 소리가 들렸다. 두 사람의 시선이 자연스럽게 그곳을 향했다. 저 멀리 노을이 아름답게 지고 있었다.

하루 앞일도 알 수 없는 것이 세상일이라더니. 그를 처음 만났을 때만 해도, 그와 함께 이런 곳에서 이런 대화를 나누게 될 줄은 정말 꿈에도 생각하지 못했다.

"정말 강호 멸망 같은 일이 일어날까요?"

"글쎄."

"그 예언이 사실이라면, 누가 왜 그런 일을 꾸미는 것일까요?"

"……."

"아니면 자신이 벌이는 일이 그런 엄청난 결과가 될 줄 모르는 것일까요?"

여전히 이화운은 아무 대답도 하지 않았다.

"한창 무공을 배울 때는 그런 생각을 했었어요. 위기에 빠진 강호를 구해 내는 그런 영웅이 되고 싶다는."

"그런데?"

"뭐가 그런데예요? 그런 것은 그냥 꿈에 불과하다는 것을 알 나이가 된 것이죠."

"그건 모를 일이지."

설수린은 피식 웃었다.

"제가 말했죠? 전 아주 어렸을 때 무림맹에 들어왔다고. 어릴 때 철든 사람들의 공통점이 뭔지 아세요?"

"뭐지?"

"헛된 꿈은 꾸지 않는다는 점이에요."

잠시 사이를 두고 그녀가 말했다.

"헛된 꿈을 믿었다면, 지금까지 버텨 오지도 못했을 거예요. 이 강호는 꿈꾸는 자를 위한 강호가 아니니까요."

그녀의 눈빛에 서글픔이 스쳤다.

"전 이룰 수 없는 꿈은 꾸지 않아요."

그리고…… 이룰 수 없는 사랑도.

그건 자학이다. 공연한 희망에 매달리는 것은. 그렇게 자신을 고문하며 살고 싶지 않다.

이화운은 가만히 그녀를 응시했다.

그녀도 그 시선을 피하지 않고 빤히 쳐다보았다.

그는 지금 이 순간 나를 보면서 무슨 생각을 하는 것일까?

"왜 아무 말도 안 해요?"

"무슨 말?"

"아직 젊은데 그러지 말라는 말. 꿈을 가져라, 그런 말이요. 왜 안 해요?"

"나도 믿지 않으니까."

"……!"

"꿈 같은 것, 나도 믿지 않아."

생각지 못했던 말이었기에 그녀는 충격을 받았다. 그에게 칙칙한 사람이라 놀렸고, 또 실제로도 그렇게 생각했지만, 그에게 이런 말을 듣게 될 줄은 몰랐다. 왠지 그와는 어울리지 않는다는 생각이 들었다.

잠시 두 사람 사이에 침묵이 흘렀다.

"이만 나가죠."

"그러지."

두 사람이 문으로 한 걸음 옮기던 바로 그 순간이었다.

이화운이 그녀의 입을 막으며 자신의 몸 쪽으로 끌어당겼다.

『쉿!』

이화운의 전음에 그녀는 숨소리조차 내지 않았다.

자신은 분명 바깥에 누군가 있다는 기척을 느끼지 못했다. 그 말은 바깥의 누군가가 자신보다 고수란 뜻.

두 사람은 움직이지 않았다.

여전히 이화운의 손은 그녀의 입을 막고 있었고, 두 사람은 끌어안다시피 밀착되어 있었다.

이화운의 숨결이 느껴졌다. 그녀의 가슴이 살짝 떨려 왔다.

아무리 남자와 사랑에 빠지지 않겠다고 다짐해도, 그건 의지의 문제였다. 마음이 설레는 것과는 별개의 영역인 것이다.

그러면서도 한편으론 편안한 마음이 들었다. 적어도 지금 이 순간 바깥에 누가 있든, 혹은 앞으로 어떤 일이 벌어지건 아무 걱정이 되지 않았다.

그리고 그 순간, 그녀의 마음속으로 장면이 떠올랐다.

예전에 떠오른 그 장면의 연속이었다.

촤아아아아악.
강철벽이 종잇장처럼 갈라졌다.
크르르르릉.
톱니바퀴 소리를 내던 기관이 천천히 멈춰 섰다. 장면 속의 사내는 벽에 박힌 검을 천천히 뽑았다.

여전히 그녀는 장면 속 사내의 관점에서 행동하고 있었다. 그랬기에 여전히 사내가 누군지 알지 못했다.

사내는 천천히 걸음을 옮겨 처음 열려고 했던 문 앞으로 돌아왔다.

그가 손을 내밀어 문고리를 잡아 돌렸다. 그녀는 이 손이 이화운의 손인지 유심히 보려고 애썼다. 하지만 피로 물든 그 손은 이화운의 것 같기도 했고, 아닌 것 같기도 했다.

사내는 천천히 문을 열고 안으로 들어섰다.

그곳은 커다란 대청이었는데, 저 멀리 중년 사내 하나가 서 있었다. 그녀는 처음 보는 얼굴이었다.

그 앞에 십여 명의 복면인들이 일렬로 서 있었다. 눈빛만으로도 실력을 짐작할 수 있을 정도로 대단한 고수들이었다.

뒤에 선 중년 사내가 침울하게 말했다.

"넌 오지 말았어야 했다."

*   *   *

복면인들이 한 동작으로 검을 질러왔다.

그들은 합공술(合攻術)에 능통한 자들이었다. 합공술이란, 다른 말로 합격술(合擊術)이라고 하는데 여러 사람이 한 사람을 공격하는 기술이었다. 하나하나의 실력만큼이나 중요한 것이 서로의 호흡이었다.

그들은 마치 열 개의 팔이 달린 사람이 공격하는 것처럼 하나의 마음으로 공격을 해 왔다.

그 한 수 한 수에 설수린은 심장이 멎는 것만 같았다. 이번 공격은 기관에서 암기가 날아들던 것과는 차원이 달랐다. 그것이 죽은 공격이었다면, 이것은 살아 있는 공격이었다.

일관된 공격이 아니라 그 순간순간 변하는, 무시무시한 공격이었다.

창창창창창창창!

하지만 사내는 마치 타악기를 연주하듯 날아든 검을 쳐냈다.

설수린은 태어나 이런 대단한 검법을 본 적이 없었다. 아니 상상조차 한 적도 없었다. 이렇게 빠르게 날아드는 열 자루의 검을 어떻게 다 쳐내 버릴 수 있단 말인가?

더구나 복면인의 검은 한 곳을 향한 것이 아니라 신체 곳곳을 노리고 있었다.

하지만 사내는 그보다 훨씬 빠르고 효율적으로 날아든 공격을 해소했다.

처음 몇 수가 막히자 복면인들의 공격은 더욱 거세졌다. 그들은 어려서부터 지금까지 오직 합공술만 연마하며 자라난 자들이었다.

거센 공격에 뒷걸음질을 치며 사내가 물러섰다.

하지만 그와 한몸이 되어 움직이고 있었기에 그녀는 본능적으로 느낄 수 있었다. 그는 단번에 상대를 쓸어 버릴 기회를 노리고 있다는 것을.

그 기회를 제공한 것은 가장 왼쪽의 복면 사내였다.

쉭쉭쉭쉭!

다리를 노리고 날아든 위력적인 공격에 사내가 휘청하는 순간.

기회를 잡았다 싶었는지 가장 왼쪽의 사내가 한 발 더 내디디며 매섭게 검을 내질렀다. 빈틈없던 합공술의 균형이 깨지는 순간이었다.

바로 그 순간, 허점을 보이던 사내의 움직임이 달라졌다. 뒤로 넘어질 듯 휘청대던 몸이 벼락처럼 빠르게 튕겨 나갔다.

두 사람이 스치는 순간.

서걱!

사내의 검이 복면인의 가슴을 갈랐다. 피를 뿜어내며 사내가 쓰러졌다.

"안 돼!"

처음으로 복면인의 입에서 말이 터져 나왔다.

쓰러진 동료를 위한 말이었는데, 그것은 곧 자신을 위한 외침이 되었다.

푹!

두 번째 목표가 된 그가 일검에 쓰러졌다.

두 사람이 쓰러지자, 무시무시한 위력을 발휘하던 합공술도 깨어졌다. 전세는 순식간에 역전되었다.

쉬이이익!

사내가 그들을 향해 쇄도했다. 사내는 호랑이가 되었고, 복면인은 울타리에 갇힌 양이 되었다.

푹! 푹! 푹!

복면인이 연이어 쓰러졌다.

여전히 설수린은 사내의 시점에서 장면을 보고 있었다.

사내의 움직임은 빠르고 정확했다. 사내가 되어 움직이는 것만으로도 그녀의 무공에 큰 도움이 되고 있었다.

아, 고수들의 눈에는 상대의 움직임이 이렇게 느껴지는구나.

그것은 보통 강호인들은 절대 얻을 수 없는 귀중한 경험이었다.

푸아아악!

목을 찔러 오던 복면인의 가슴이 갈라지며 그대로 쓰러졌다. 그를 끝으로 열 명의 복면인은 모두 시체가 되어 바닥에 쓰러졌다.

뒤쪽에 서 있던 중년 사내의 두 눈에 절망감이 스쳤다. 그는 최후를 예감하고 있었다.

"네가 알고자 하는 것을 들으면……."

그가 차가운 눈빛을 발하며 음울하게 덧붙였다.

"넌 반드시 후회하게 될 것이다."

그 순간, 장면이 사라졌다.

여전히 설수린은 이화운의 품에 안겨 있었다.

여전히 그녀의 가슴은 두근거리고 있었다. 이화운에게 안겨 있어서가 아니었다.

마지막 순간 보았던 그 중년 사내의 눈빛과 말이 잊히지 않아서였다.

분명 장면 속의 사내가 그곳을 찾은 이유는 중년 사내에게 어떤 대답을 듣기 위해서였다.

대체 무슨 대답이기에?

그리고 이번에도 장면 속의 인물이 이화운인지 확인하지 못했다.

하지만 그 장면은 언제나 이화운과 함께일 때만 떠오르는 장면이었다. 그일 가능성이 높았다. 그런데 왜 다른 사람들을 떠올리는 장면처럼 객관적으로 보여 주지 않는 것일까?

이화운이 천천히 그녀의 몸에서 떨어졌다.

"갔어요?"

그녀의 물음에 이화운은 고개를 끄덕였다.

"누구였을까요?"

"둘 중 하나겠지. 무영신투이거나, 혹은 그를 감시하는 자들이거나. 그리고 만약 후자였다면."

"그랬다면요?"

"지금 우린 위험에 빠졌지."

다음 순간, 창문으로 무엇인가 날아들었다.

툭!

데구루루 바닥을 뒹구는 그것은 시커먼 쇠공이었다.

그것을 보는 순간, 이화운의 신형이 벼락처럼 빠르게 움직였다.

그는 한 치의 망설임도 없이 설수린을 안고 그대로 창문으로 몸을 날렸다. 설수린은 거부하지 않고 그에게 몸을 맡겼다.

이화운이 창문을 부수는 순간 뒤에서 무엇인가 터졌다.

촤아아아아앙!

날카로운 파공음과 함께 수백 개의 손톱만 한 크기의 암기가 사방으로 터져나갔다.

쉭쉭쉭쉭쉭쉭쉭쉭쉭쉭!

창문을 통해 뛰어내리는 두 사람의 머리 위로 아슬아슬하게 암기가 스쳐 지나갔다.

날아든 것은 바로 터지면 수백 개의 암기를 쏟아 내는 폭천우(爆天雨)였다. 진천뢰(震天雷)와 더불어 가장 강력한 폭발형 암기였다.

팍팍팍팍팍팍팍팍팍팍팍!

방 안은 고슴도치가 된 것처럼 암기가 빼곡히 박혔다.

설수린을 안은 채 이화운이 가볍게 바닥에 내려섰다. 폭천우를 던진 사람은 이미 그곳에서 사라진 후였다.

이화운의 그녀를 내려놓았다. 설수린은 안도의 한숨을 내쉬었다. 이화운의 움직임이 조금만 늦었어도 자신은 그곳에서 죽었을 것이다.

"너무 자주 구해 주는 것 아니에요?"

그녀의 말에 이화운은 피식 웃으며 말했다.

"너무 자주 죽을 고비를 맞게 하는군."

"당신 때문이 아닌데요, 뭘."

"……."

설수린의 얼굴은 조금 상기되어 있었다. 위험천만한 상황이었지만 그에게 안긴 그 느낌이 생생했다. 물론 그런 여운이나 즐기고 있기에는 상황이 급박했다.

"아까 문 앞에 있던 그 자죠?"

"그렇겠지. 혹은 한패이거나."

"정말 대단한 자들이군요. 폭천우까지 쓰다니."

폭천우는 원체 비싸고 귀한 암기라서 무림맹의 대주인 그녀조차 실제로 접한 것은 이번이 처음이었다. 조금 전, 저 좁은 객실에서 값비싼 저택 한 채 값이 날아간 것이다.

그녀는 심각한 표정으로 물었다.

"우릴 노린 것일까요? 아니면 무영신투를 노린 것일까요?"

"알 수 없지. 어쨌든 한 가지 분명한 점은 무영신투가 아주 위험한 상황이란 점이야."

"이제 어떻게 하죠?"

"그를 찾아야지."

"어떻게요?"

"친구에게 도움을 청해야지."

이화운이 휘파람을 불었다. 지난번에 비홍묘를 불렀던 소리가 나지 않는 그 휘파람이었다.

＊　　＊　　＊

한 시진 후, 두 사람은 빠르게 산을 오르고 있었다.

그들을 안내하는 것은 비홍묘였다.

휘파람 소리에 잠시 후 비홍묘가 모습을 드러냈고, 이화운은 객잔 벽에 감춰둔 가죽 주머니를 꺼내 무영신투의 냄새를 맡게 한 후 품에 넣었다. 어차피 폭천우로 방 안이 엉망이 되어 그곳에 두면 안 될 물건이었다.

비홍묘를 따라가면서도 설수린은 앞서 기습했던 자가 쫓아오지 않을까 걱정이 되었다. 하지만 어차피 자신보다 고수가 미행한다면 자신이 파악할 수는 없었다. 그냥 속 편히 이화운에게 맡기기로 마음먹었다.

그렇게 비홍묘가 도착한 곳은 깊은 산 속의 계곡이었다.

촤아아아!

절벽을 따라 폭포가 떨어져 내리고 있었고, 그 아래는 물이 흐르고 있었다.

비홍묘가 그곳을 맴돌았다.

"폭포 아래쪽에 통로가 있군."

"어떻게 알아요? 헤엄쳐서 저 건너편으로 갔을 수도 있잖아요?"

"냄새를 놓치기에는 물웅덩이가 너무 작아."

만약 그랬다면 비홍묘가 물 건너편으로 추적했을 것이란 뜻이었다. 비홍묘가 멈춘 것은 그가 이 물속으로 들어가서 나오지 않았다는 뜻이었다.

"들어가 봐야겠어."

"그러죠."

흔쾌히 대답했지만, 그녀는 내심 긴장했다.

물에 대한 공포증은 완전히 극복되었다고 여겼지만, 여전히 물에 뛰어드는 것은 망설여지는 일이었다. 어쩌면 멀미도 그 때문에 더 심할지도 모를 일이다.

강호인이 멀미에 물까지 두려워하다니. 그러고 보니 자신도 참 제약이 많은 사람이란 생각이 들었다.

풍덩!

이화운이 물속으로 뛰어들자 그녀가 뒤따라 뛰어들었다.

그녀는 이화운을 따라 물속 깊이 헤엄쳐 들어갔다. 물에 대한 공포증은 있었지만, 수영 실력은 수준급인 그녀였다. 공포증을 이겨내기 위해 필사적으로 연습한 덕분이었다.

물은 생각보다 깊었는데 폭포가 떨어지는 옆으로 작은 수중동굴이 있었다.

이화운이 그곳으로 헤엄쳐 들어갔다.

좁은 동굴로 들어서자 그녀는 숨이 막혔다. 굴이 끝없이 계속될까 하는 심리적 압박감 때문이었다.

만약 혼자였다면 그 두려움은 몇 배가 되었을 것이다. 하지만 앞에 헤엄치고 있는 이화운이 있었기에 그 압박감은 견딜만했다.

다행히 통로는 그리 길지 않았다. 통로를 빠져나간 이화운이 헤엄쳐 위로 올라갔다.

푸아앗!

물 밖으로 고개를 내민 설수린이 숨을 내쉬었다.

그곳은 동굴이었는데 한옆에 난 구멍으로 빛이 들어오고 있었다. 물속 지하 동굴이 아니라, 반대쪽 산으로 이어진 동굴인 듯했다. 다른 곳으로 통하는 여러 개의 입구가 보였다.

두 사람이 물에서 나왔다. 물에 젖은 옷이 그녀의 몸에 착 달라붙어 있었다. 왠지 민망하다는 생각이 들었지만, 그녀는 모른 척했다. 괜히 표를 내면 더 민망할 것 같아서였다.

이화운은 자신의 겉옷을 벗어 물기를 짰다. 그리고 탈탈 털어서 그녀에게 내밀었다.

"입지."

내심 감격한 그녀가 장난스럽게 말했다.

"그냥 감상하셔도 되는데요."

한옆으로 고개를 돌리고 있던 이화운의 얼굴이 살짝 붉어졌다.

"그럼 그러든지."

그가 다시 옷을 입으려는 것을 그녀가 재빨리 낚아챘다.

겉옷을 걸치는 그녀의 입가에 미소가 지어졌다. 당황하는 이화운의 모습은 처음이었다. 왠지 그에게 인간미가 느껴져서 친근한 기분이 든 것이다.

등을 돌린 채 이화운이 말했다.

"물을 두려워하는군."

"어떻게 아셨어요?"

하긴 저 사람이 모르는 것이 어디 있나?

"어려서 물에 빠져 죽을 뻔했어요. 그 뒤론 계속 무섭네요."

이화운이 묵묵히 고개를 끄덕이며 말했다.

"마음에 공포심이 각인되면 극복하기가 쉽지 않지."

"당신도 두려워하는 것이 있나요?"

이화운은 아무 대답도 하지 않았다.

그녀는 대답을 재촉하지 않고 그의 등을 가만히 쳐다보았다. 물에 젖어서였을까? 왠지 쓸쓸해 보이는 그의 등이 이렇게 말하는 것만 같았다.

자신도 인간이라고. 왜 그런 것이 없겠느냐고.

"없어."

잠시 사이를 두고 나온 이화운의 대답에 그녀는 희미한 미소를 지었다.

"좋겠어요. 완벽하셔서."

장난기 가득한 말이었기에 이화운도 피식 웃고 말았다.

"한데 우린 어디로 가죠?"

사방으로 몇 개의 입구가 보였다. 아마도 이곳은 미로처럼 복잡하게 연결된 곳 같았다.

그때 기다렸다는 듯, 물에서 무엇인가가 그들 옆으로 튀어나왔다.

놀랍게도 그것은 바로 비홍묘였다. 두 사람을 따라 이곳까지 온 것이다.

비홍묘가 파르르 몸을 떨며 물기를 털었다.

"앗, 여기까지 따라온 건가요?"

"왜 그렇게 놀라?"

"고양이잖아요? 물을 싫어하지 않나요?"

"물은 당신도 싫어하지만 그래도 왔잖아."

"아니, 비교를 해도."

설수린은 입맛을 다셨다. 이곳까지 따라온 것만 봐도 확실히 영물은 영물이었다.

비홍묘가 이화운을 쳐다보았다. 이화운이 고개를 한 번 끄덕이자, 비홍묘는 왼쪽에 있는 동굴로 들어갔다. 마치 둘은 대화를 나누는 것만 같았다.

두 사람이 비홍묘를 따라 들어갔다. 사람 하나가 걸어가면 딱 맞을

크기의 동굴이었는데, 곳곳에 다른 곳으로 빠져나가는 길이 있었다. 그곳은 미로였다. 들어선 지 얼마 안 되었지만, 혼자서 되돌아가라면 갈 수 없을 것 같이 복잡했다.

이윽고 비홍묘가 또 다른 공간에 도착했다. 앞서와 마찬가지로 작은 공터가 있었는데 그곳에 누군가 있었다.

"앗!"

그를 보고 설수린은 깜짝 놀랐다.

열 살쯤 되어 보이는 사내아이가 있었던 것이다. 아주 귀엽고 잘생긴 아이였다. 아이도 깜짝 놀란 듯 두 사람을 쳐다보았다.

설수린이 아이의 손을 쳐다보았다. 혹시 인피면구를 착용한 것인지를 확인한 것이다. 하지만 작고 귀여운 그 손은 아이의 손이 틀림없었다.

설수린이 긴장을 풀며 물었다.

"얘야, 여기서 뭐 하고 있지?"

그러자 아이가 금방이라도 울 것 같은 얼굴로 대답했다.

"동굴에 들어왔다가 길을 잃었어요."

"저런."

"저 좀 밖으로 데려가 주세요."

"당연히 그래야지. 하지만 그전에 한 가지만 묻자꾸나."

"뭐죠?"

"객잔 벽에 넣어둔 짐문서는 누굴 위한 거지?"

순간 아이가 흠칫 놀랐다.

그녀는 차분한 표정으로 덧붙였다.

"어느 여인에게 주려는 것이냐고요. 우리 무영신투님."

잠시 침묵이 흘렀다.

설수린은 이화운을 돌아보며 확신에 찬 눈빛으로 물었다.

"맞죠? 제 말이."

이화운은 고개를 끄덕였다.

"대단한데?"

"서당개가 풍월을 읊는다잖아요? 당신 따라다니다 보니 이 정도는 기본이 된 거죠."

아이의 표정은 딱딱하게 굳어 있었다.

"어떻게 알았지?"

목소리는 여전히 아이의 그것이었지만, 말하는 느낌은 어른이었다. 그는 설수린의 말처럼 두 사람이 찾던 무영신투였던 것이다.

그녀는 예전 이화운이 그랬던 것처럼 담담히 말했다.

"비홍묘는 절대 냄새를 헷갈리지 않아. 저 녀석이 이곳까지 안내했다면 분명 무영신투가 있는 곳이겠지. 이 복잡한 미로에서 우연히 길 잃은 너를 만났다고? 웃기는 소리지."

그러면서도 그녀는 내심 궁금했다. 어떻게 저렇게 완벽하게 아이의 모습으로 꾸밀 수 있는 것인지.

무영신투는 깜짝 놀라 비홍묘를 쳐다보았다.

"저것이 비홍묘라고? 그렇다면?"

무영신투가 반사적으로 이화운를 쳐다보았다.

"그렇다면 당신이 바로 오 년 전에 나를 뒤쫓았던 그 사람인가?"

설수린은 이미 그 이야기를 들었기에 새삼 놀라지 않았다.

이화운이 고개를 끄덕이며 말했다.

"왜 당신을 잡지 못했는지 이제 알겠군."

무영신투가 완벽하게 아이의 모습을 하고 있을 줄은 그를 아는 그 누구도 상상하지 못 한 일이었다.

"인피면구인가요? 아니면 변신술인가요?"

설수린의 물음에 무영신투는 아무 대답도 하지 않았다.

대답을 한 사람은 이화운이었다.

"아니. 그는 성장이 멈춘 것이다."

설수린은 물론이고 무영신투도 깜짝 놀랐다. 그가 눈을 휘둥그레 뜬 채 물었다.

"어떻게 그걸 알지?"

"들어 본 적이 있다. 성장이 멈추는 병이 있다는 것을."

"대단하군."

설수린은 그런 병이 있다는 것도 처음 들었고, 또한 그런 병에 걸린 사람도 처음 보았다. 정말이지 놀라운 일이었다. 하지만 정작 그녀를 놀라게 한 것은 이화운의 다음 질문이었다.

겉모습에 어울리지 않는 그 노회한 눈동자를 응시하며 이화운은 나직하게 물었다.

"우리 사부의 물건, 아직도 가지고 있나?"

第七章
비류혈접

天下第一

"도둑맞은 물건이 당신 사부 것이었어요?"

설마 그럴 줄은 몰랐다. 특히 이화운과 사부 사이에 어떤 말 못 할 사연이 있다는 것을 알았기에 그녀는 더욱 놀랐다.

무영신투는 심각한 표정으로 이화운을 노려보았다.

"너였구나. 그때 그놈이."

무영신투는 오 년 전을 기억했다. 집요하게 자신을 뒤쫓던 사내를. 달아나는 데 있어선 둘째라면 서러울 자신이었지만 뒤쫓는 자 또한 보통이 아니었다. 자신이 아이의 외모를 지녔다는 것을 상대가 알았다면, 틀림없이 붙잡혔을 것이다.

"지독한 놈! 결국, 나를 찾아냈구나."

그는 오 년 전의 그 일로 두 사람이 찾아왔다고 착각했다.

'하필 이곳에서.'

복잡한 미로 중에서도 사방이 막힌 방에서 걸린 것이다. 무영신투는 이화운이 자신보다 월등한 무공 실력을 지녔다는 것은 이미 알고 있는 바였다. 자신 있는 것은 오직 경공술과 은신술인데 이곳은 사방이 막힌 밀폐된 공간이었다. 설마 이곳까지 찾아낼 줄은 몰랐기에 방심한 탓이었다.

"물건을 돌려주면 날 그냥 보내줄 텐가?"

"그건 협상의 조건이 될 수 없다. 무조건 돌려줘야지."

"못 주겠다면?"

"네 마음대로 하겠다면, 나도 내 마음대로 해야겠지."

이화운의 어조는 담담했지만 듣기에 따라선 섬뜩한 말이기도 했다. 무영신투가 품에서 무엇인가를 꺼냈다.

"지난 오 년 동안 한 번도 몸에서 떼어 놓은 적이 없었다."

가죽으로 몇 겹이나 싼 그것을 풀자 안에서 손바닥만 한 크기의 두툼한 쇠뭉치가 나왔다. 두께는 검지손가락 크기 정도로 제법 두꺼웠다.

무영신투는 그것을 조심스럽게 다루었다. 사방 끝이 정말 날카로웠던 것이다. 왠지 모를 위험이 느껴지는 물건이었다.

"대체 이것이 무엇이기에, 그렇게 쫓아왔던 거지?"

도둑으로서의 감이란 것이 있다. 이것은 분명 아주 중요한 물건이었다. 지난 오 년간 이 무거운 것을 지니고 다닌 이유기도 했다.

"대체 이것이 뭐지? 지난 오 년 동안 알아내려 했지만 결국 알아내지 못했다. 대체 이것이 뭐냐고!"

그에 대해 알아보려고 다양한 시도를 했었다. 이름난 철방의 장인을 만나 보기도 했고, 갖가지 서적을 탐독하기도 했다. 하지만 이 물건에 대해서는 알아낼 수 없었다. 마치 하늘에서 뚝 떨어진 그런 물건 같았다.

이화운은 말없이 손을 내밀었다. 내놓아야 할 상황임을 깨달았음에도 무영신투는 망설였다.

설수린은 무영신투를 이해했다. 차라리 정확히 무엇인지 안다면 포기도 쉬울 것이다.

아! 나라면 절대 못 줄 것 같아. 오 년이나 비밀을 못 푼 것인데.

"차라리 날 죽여라!"

"그러지."

이화운이 성큼성큼 다가서자 무영신투는 기겁을 하고 물러섰다.

"잠깐! 잠깐!"

무영신투는 느꼈다. 저 어리고 순해 보이는 상대는, 사람을 제대로 죽여 본 자였다. 그리고 조금 전, 진짜 자신을 죽이려 들었다.

"이깟 물건을 훔쳤다고 정말 죽이려 들다니!"

무영신투의 말에 이화운의 입꼬리가 살짝 말려 올라갔다.

"넌 그것뿐만 아니라 숱한 물건을 훔쳤지."

"모두 가진 자들의 것이었다."

"고작 그것인가? 네 도둑질을 정당화하기 위한 변명이?"

심기가 불편해진 무영신투의 한쪽 볼이 파르르 떨렸다.

이화운은 담담히 말했다.

"네가 물건을 훔쳤기에 많은 사람의 인생이 바뀌었겠지."

설수린은 그 말이 가슴에 와 닿았다. 그가 말한 사람 중에 이화운 자신도 포함되어 있을지 모른다는 생각이 든 것이다. 어쩌면 그의 사부도.

"그래요, 단지 물건만의 문제는 아니죠."

설수린이 끼어들자 무영신투는 눈초리를 치켜떴다.

"이 어린 것이! 어디서 감히 끼어드는 것이냐?"

그러자 설수린은 피식 웃었다.

"살면서 느낀 것들이 몇 가지 있어요. 그중의 하나가 바로 나이를 앞세우는 사람치고 제대로 된 사람이 없다는 것이죠."

무영신투의 미간이 찌푸려졌다. 아이의 얼굴이었음에도 표정은 어른의 그것과 다르지 않았다.

"당신이 도둑놈에 불과한 이상, 백 살이라 해도 예의를 차리진 않을 거예요. 존대라도 해 주는 것을 고맙게 여겨야 할 것이에요."

"훔친 것들을 가난한 사람에게 나눠줬다."

"지랄 마세요, 도둑님. 일부만 나눠 줬겠지요."

"어떻게 단정하지?"

"그런 도둑은 본 적이 없거든요. 그 정도로 대단한 사람이라면 애초에 도둑질 말고 다른 방법으로 사람들을 도울 테니까요."

"……!"

"그리고 설령 다 나눠 줬다 하더라도 도둑질이 정당화될 수는 없어요. 그러니 자기 합리화는 그만하시고 물건이나 돌려주시죠."

무영신투는 이를 바드득 갈았지만 그렇다고 변명을 할 수는 없었다. 그녀의 말처럼 모든 돈을 가난한 사람에게 나눠 준 것은 아니었다. 열을 훔치면 하나나 둘 정도를 나눠 줬다. 그것도 적지 않다고 생각했다.

비록 도둑질은 하지만 가난한 사람을 위하기도 한다는 일종의 자기 위안이었다.

그는 긴 한숨을 내쉬며 다시 손바닥 위의 쇠뭉치를 보았다.

"좋아, 주지. 준다고! 더러워서 준다!"

무영신투는 신경질적으로 그것을 이화운에게 던졌다. 그는 자신이 훔친 것을 쉽게 포기하는 성격이 아니었지만, 그렇다고 목숨까지 버려 가며 욕심을 낼 만큼 어리석지는 않았다.

"대신 그게 뭔지는 알려줘! 제발 부탁이다!"

무영신투는 간절했다.

이화운은 가만히 그것을 내려다보며 말했다.

"어차피 네겐 소용없는 물건이다. 특정한 심법으로 내공을 불어넣어야만 작동하는 물건이니까. 그렇지 않다면 그냥 쇳덩이에 불과하지."

"대체 그것이 뭐길래?"

그것을 증명해 보이듯 이화운이 내공을 일으켰다.

우우우웅!

쇠뭉치가 한차례 진동했다.

다음 순간.

찰캉!

날카로운 쇳소리를 내며 그것이 분리되었다. 한두 개가 아니었다. 무려 서른세 개의 얇은 판으로 분리된 것이다.

촤르르르르륵.

그것이 이화운의 손에서 부채처럼 펼쳐졌다. 마치 노련한 노름꾼이 패를 다루는 모습처럼 보였다.

일단 분리되자 그것은 보는 것만으로도 숨이 막힐 정도로 날카로운 예기를 뿜어냈다. 자세히 보니 판에 그림이 그려져 있었는데, 붉은 나비의 형상이었다.

촤르르륵.

그 날카로운 것을 이화운은 능숙하게 다뤘다. 얇은 조각들이 그의 손에서 다시 합쳐지는가 싶더니.

핑핑핑핑핑핑핑핑핑!

조각들이 무서운 속도로 허공을 갈랐다.

푹푹푹푹푹푹푹푹푹!

그것들이 날아가 벽에 박혔다. 마치 두부에 박히듯 깊숙이 박혔다.

"아아!"

설수린과 무영신투가 동시에 감탄을 내뱉었다. 이제야 그 물건의 정체를 알 수 있었다. 그것은 바로 던지는 암기였던 것이다.

더구나 그것은 한 치의 오차도 없이 일렬로 박혔다. 그야말로 엄청난 실력이었다.

더욱 놀라운 일은 다음에 일어났다.

휘리리리릭.

이화운이 손을 내밀자 그것이 일제히 뽑혀서 이화운의 손으로 되돌아온 것이다.

촤르르르르륵.

그것들이 이화운의 손바닥 위에 일렬로 쌓였다.

이화운이 내공을 주입하는 순간, 철컹하는 소리와 함께 처음의 그 쇳덩이로 변했다.

멍하게 그 모습을 지켜보던 무영신투가 갑자기 '으악!' 하고 소리쳤다.

깜짝 놀란 설수린이 그를 돌아보았다.

무영신투가 경악한 표정으로 이화운의 손에 들린 그것을 쳐다보았다.

"설마 그것? 비류혈접(飛流血蝶)이냐?"

"과연 알아보는군."

"으아아아아아아!"

탄성을 내지른 무영신투의 눈이 휘둥그레졌다. 그는 흥분하고 잔뜩 긴장한 상태였다.

"비류혈접이 뭐죠?"

설수린의 물음에 무영신투는 떨리는 목소리로 말했다.

"그것은 강호에 비밀리에 전해 내려오는 저주받은 암기다. 한 번 날면 반드시 피를 뿌리는. 누구도 비류혈접을 피할 수 없다고 알려졌지. 하지만 오래전 강호에서 사라진 암기인데, 어떻게 네 사부가 가지고 있었던 거지?"

이화운은 아무 대답도 하지 않은 채 비류혈접을 품에 넣었다.

문득 설수린은 다시 한 번 궁금해졌다.

이화운의 사부에 대해서. 또 사부와 이화운과의 관계에 대해서.

무영신투가 다시 한숨을 내쉬었다.

"내가 가지고 있던 것이 비류혈접이었다니."

아쉬움과 두려움이 동시에 밀려들었다. 이화운의 말처럼 고유의 사용법을 모르는 이상 자신에게는 소용없는 물건이었다.

하지만 전설처럼 전해지는 암기를 품에 두고도 몰라봤다는 아쉬움은 어쩔 수 없었다.

"이제 됐나?"

맥 풀린 무영신투의 물음에 이화운은 고개를 끄덕였다.

"정말 보내준다는 말인가?"

그때 설수린이 나섰다.

"저 사람 볼일은 끝났는지 몰라도, 내 볼일은 아직 남았어요."

"빌어먹을! 그럼 그렇지. 대체 넌 누구지?"

물어볼 기회를 놓쳤을 뿐, 아까부터 그녀의 정체가 궁금했었다.

"무림맹 신화대주 설수린."

순간 무영신투가 흠칫 놀라며 이화운을 보며 물었다.

"무림맹이라고? 왜 네가 무림맹 무인과 함께 다니는 것이지?"

단지 이화운과 함께 온 일행이라 여겼지, 설마 그녀가 무림맹 무인인 줄은 생각지도 않았다.

"너희 둘이 어떤 사이지?"

"죽고 못 사는 사이니까 수작 부릴 생각은 말아요."

설수린의 대답에 정말이냐는 눈빛으로 무영신투가 이화운을 쳐다보았다.

"죽고 못 사는 사이는 아니지만, 그녀의 질문에 대답은 해야 할 것 같군."

비류혈접 199

"빌어먹을!"

설수린은 무영신투의 두 눈을 응시하며 담담히 물었다.

"전각주를 죽인 자, 지금 어디에 있죠?"

무영신투는 그 질문임을 예상하고 있었다. 지금 이 상황에서 무림맹 무인이 자신에게 물어볼 질문은 그것뿐이었으니까.

분명 자신은 전각주를 죽인 자가 어디에 있는지 알고 있었다. 최악의 순간 자신을 지키기 위한 안배였다.

"이미 당신은 그들의 목표가 되었어요. 굳이 그들의 비밀을 지켜줄 필요가 없어요."

"알고 있다."

설수린의 설득에도 여전히 무영신투는 대답을 망설였다.

그때 이화운이 품에서 앞서 객잔 벽에서 가져왔던 집문서와 전표가 든 가죽 주머니를 꺼냈다.

순간 무영신투는 깜짝 놀랐다.

"그것은!"

"당신이 걱정하는 것이 바로 이것을 전해 받을 사람 때문이겠지? 나중에라도 비밀을 누설했다는 것이 밝혀져서 그 사람이 보복을 당하게 될까 봐."

심각해진 무영신투의 표정으로 봐서 이화운의 말이 사실인 것처럼 보였다.

"당신 어머니인가?"

이화운의 나직한 물음에 무영신투가 깜짝 놀랐다.

"어떻게 그것을?"

놀라기는 설수린도 마찬가지였다.

"어떻게 알았어요?"

"당신이 말했잖아? 분명 남자는 아닐 것 같다고. 여인이나 아이 같다고."

"그런데요?"

"저 사람은 평생 여자를 가까이하지 않았으니, 좋아하는 여자나 자식일 가능성은 희박하지."

"친구일 수도 있잖아요?"

그 말에 무영신투가 코웃음을 쳤다.

"강호를 살아가는 데 친구 따위가 무슨 소용이 있느냐?"

평생 단 한 명의 친구도 사귀지 않았던 그였다. 소년의 몸에서 성장을 멈춰 버린 천형(天刑)과도 같은 병 때문이었다.

이화운이 담담히 말했다.

"친구도 자식도 연인도 아닌데 목숨을 걸어도 좋을 사람이라면……."

무영신투의 복잡한 심경이 고스란히 표정에 드러났.

이화운이 들고 있던 주머니를 그에게 던졌다. 주머니를 받아 든 무영신투가 한숨을 내쉬며 말했다.

"이런다고 대답을 들을 수는 없다."

"그래서 주는 것 아니다."

"뭐?"

"그것도 협상의 조건이 될 수 없기에 돌려주는 것이다."

"……!"

"아닌 건 아닌 거니까."

설수린은 자신도 모르게 고개를 끄덕였다. 그래, 맞는 말이다. 아닌 건 아닌 거다. 훔친 물건은 당연히 돌려주어야 하고, 늙은 노모에게 줄 돈은 흥정의 대상이 되어선 안 된다. 아주 기본적인 일, 하지만 많은 사람들이 잊고 사는 일.

설수린은 기분 좋은 눈빛으로 이화운을 쳐다보았다. 적어도 지금 이 순간, 그가 참 좋다는 생각이 들었다.

그가 강해서도, 잘생겨서도, 부자여서도, 신비로워서도 아니었다. 그 어느 때보다도 더 좋은 이유는 바른 느낌을 받아서였다.

무영신투 역시 느끼는 바가 있었을까? 그는 한풀 꺾인 목소리로 말했다.

"그에게 약물을 이용해 누군가에게 은밀히 접근하는 방법을 전수해 줬다. 하지만 난 그것이 전각주를 죽이는 데에 쓰일 줄은 정말 몰랐다."

"당신에게 책임을 씌울 생각은 없어요. 우리가 필요한 사람은 전각주를 죽인 자예요."

"그들은 무서운 자들이다."

"우리가 지켜드릴게요."

그녀의 말에 무영신투의 입꼬리가 말려 올라갔다. 그의 반응을 이해했다. 자신이라도 믿지 못할 테니까.

"전 못해도, 이 사람은 믿어도 될 거예요."

그때 이화운이 불쑥 말했다.

"나도 그럴 수 없다."

"네?"

그녀가 깜짝 놀라 이화운을 돌아보았다.

"그런 약속 할 수 없다고."

순간 설수린은 자신이 실수했음을 깨달았다. 이 싸움이 얼마나 오래 갈지, 그리고 그 상대가 누구일지 모르는 상황에서 그런 약속은 옳지 않은 것이었다.

"죄송해요. 제가 경솔했어요."

그녀는 순순히 자신의 잘못을 시인했다.

그 모습에 무영신투는 내심 두 사람에게 감탄했다. 지금 두 사람은 자신에게 어떤 거짓말이라도 해서 대답을 들어야 할 상황이었다. 하지만 이화운은 솔직히 지켜줄 수 없다고 말했고, 설수린 역시 자신이 실수했음을 인정했다.

'어디서 이런 것들이?'

자신의 인생 앞에 나타난 것일까? 오늘 아침만 해도 생각지 못한 만남이었다.

'하지만…… 일이 잘못된다면?'

모친의 목숨이 달린 일이었다. 여기서 죽는 한이 있어도 쉽게 결정할 수 없었다.

그때 이화운이 담담히 말했다.

"대신, 한 가지 협상의 여지는 있지."

"무엇이냐?"

"지금 이 자리에서는 당신을 지켜 주지. 적어도 손에 든 그것 때문이라도 오늘은 살아야 하지 않겠나?"

들고 있던 가죽 주머니를 바라보던 무영신투의 눈이 커졌다. 이화운이 한 말이 무슨 뜻인지 알아차린 것이다.

그의 시선이 빠르게 주위를 살폈다.

그러자 이화운과 설수린이 들어왔던 동굴에서 누군가 모습을 드러냈다. 그는 특이하게도 헐렁한 장삼을 걸치고 있었다. 보통 무공이 경지에 이른 노고수들이 아니라면 실전에서는 잘 입지 않는 옷이었다.

설수린은 긴장했다. 이런 상황에서의 저 무덤덤한 표정과 아무 감정도 담기지 않은 눈빛은 지옥 훈련을 거친 자들만이 가질 수 있는 그런 눈빛이었다.

상대는 고수였고, 살인의 전문가였다. 그렇다고 살수도 아닌, 독특한 느낌의 사내였다.

설수린은 조심스럽게 이화운에게 물었다.

"미행하는 것, 알고 있었어요?"

이화운이 고개를 한 번 끄덕였다.

그래, 이 사람이 누군데. 그걸 몰랐겠어.

하지만 마음이 놓이면서도 한편으로 두려웠다. 그만큼 상대가 내뿜는 기도는 독특하고 섬뜩했다.

이화운이 무영신투를 보며 말했다.

"내 제안을 받아들이겠나?"

무영신투가 고개를 끄덕이며 말했다.

"좋다, 받아들이겠다."

죽음을 각오하고 있었지만 적어도 오늘 이 자리에선 아니었다.

장삼의 사내가 야릇한 미소를 지었다. 미소에 담긴 것은 자만이라

불러도 좋을 만한 자신감이었다.

그때 뒤에 서 있던 무영신투가 놀라 소리쳤다.

"그러고 보니 저 장삼! 보통 옷이 아니다!"

무영신투는 상대가 입고 있는 옷을 뒤늦게 알아차렸다.

"불사용린포(不死龍鱗布)다."

불사용린포는 강호에 존재하는 여러 보호갑 중 하나였다.

"저도 들어본 적이 있어요. 도검불침(刀劍不侵)의 불사용린포에 대해서. 입으면 절대 죽지 않는다는 그 불사용린포군요."

상대가 불사용린포를 입고 있다면, 일단 검으로는 상처를 입힐 수 없었다.

가만히 상대를 응시하던 이화운이 나직이 말했다.

"저 옷은 상대의 검을 막기 위한 용도가 아니다."

"그럼 무슨 용도죠?"

"자신의 공격으로부터 자신을 방비하기 위한 옷이다."

설수린과 무영신투는 그 말을 이해하지 못했다. 하지만 장삼의 사내는 마치 어떻게 그것을 알아냈느냐는 듯한 표정으로 흠칫 놀랐다.

장삼의 사내가 소맷자락에서 하나의 쇠구슬을 꺼내 들었다.

그것을 확인한 설수린의 표정이 확 굳어졌다.

"폭천우!"

눈앞의 사내는 바로 객잔에 그것을 던져 넣은 자였던 것이다.

장삼의 사내가 싸늘한 조소를 머금었다.

이제야 설수린은 상대의 자신감을 이해했다. 이 공간은 밀폐된 곳으로 오직 빠져나갈 곳은 자신이 들어온 통로뿐이었다. 하지만 그곳은 눈앞의 사내가 막고 서 있었다.

이곳에서 폭천우가 터진다면 살아남을 사람은 없을 것이다. 물론 불사용린포를 입은 저자만은 살아남겠지만.

게다가 최악의 상황은 두 배로 심각해졌다.

스르륵.

사내의 다른 손에도 폭천우가 들렸다. 폭천우는 이제 두 개가 된 것이다.

* * *

"나쁜 놈이 돈도 많네요."

폭천우를 두 개나 지닌 채 어느 쪽을 던질까 고민하는 사내에게 할 농담은 결코 아니었지만, 결국 그녀는 하고 말았다. 위험하고 긴장된 순간일수록 농담을 하는 것은 그녀의 버릇이었다. 물론 지금의 그런 여유에는 이화운을 믿는 마음이 컸다.

"너 그래 봤자 돈으로는 이 사람 발끝에도 못 미쳐!"

이화운이 그녀를 돌아보며 물었다.

"칭찬인가, 욕인가?"

"당연히 칭찬이죠. 저놈에겐 욕이고."

이화운과 설수린의 대화에 무영신투는 황당했다. 폭천우를, 그것도 두 개나 꼬나 쥔 상대를 앞에 두고 저런 여유가 가당키나 하냐는 생각이었다.

무영신투가 두려운 눈빛으로 말했다.

"저것이 무엇인지나 알고 하는 농지거리냐?"

강호 정세에 누구보다 밝은 그였다. 특이나 보물이나 신병이기에 대해서는 누구보다 잘 알았다. 폭천우 역시 마찬가지였다. 그가 아는 한, 폭천우는 죽음의 암기였다.

"알죠."

직접 당해 보기도 했으니까. 하지만 그녀는 그 말을 무영신투에게 하지는 않았다. 해 봤자, 헛소리 말라는 반응이 나올 것이 뻔했으니까.

"혹시 전각주를 죽인 자가 저자인가요?"

설수린의 물음에 무영신투는 천천히 고개를 내저었다. 그가 아니라면 저자는 대체 누구일까?

폭천우가 아니더라도 상대는 수준급의 무공 실력을 지니고 있었다. 하긴 폭천우와 같이 비싸고 위험한 암기를 다루는 일에 단지 팔심만 세다고 뽑히지는 않았을 테니까. 이곳까지 미행해 온 것만 봐도 그의 실력은 보통이 아니었다.

그때 장삼의 사내가 입을 열었다.

"이번 일과 관련된 자는 모두 사라져야 한다."

그 순간 그녀는 상대의 정체를 알 수 있었다. 그는 자신들이 저지른 일과 관련해서 증인과 증거를 제거하는 임무를 맡은, 한마디로 뒤처리를 맡은 자였다.

상대를 응시하며 이화운이 담담히 말했다.

"두 사람, 내 뒤에 일렬로 서."

설수린과 무영신투가 이화운의 뒤에 일렬로 섰다.

조금은 우스꽝스러운 모습이었지만, 폭천우를 생각하면 백 명이라도 앞에 세우고 싶은 심정이었다.

이화운이 과연 폭천우를 막아낼 수 있을까? 그녀는 이번만큼은 두려운 마음을 떨칠 수가 없었다.

그 모습을 보며 장삼의 사내가 피식 웃었다.

"뒤에 세우면? 네가 막아 주기라도 하겠다는 뜻인가?"

다시 생각해도 어이없었는지 그가 헛바람을 내며 웃었다. 그는 모두를 죽일 수 있다고 확신하고 있었다.

그때 들려온 날카로운 금속음.

찰캉.

오늘만 벌써 두 번째 듣는 그 소리는 비류혈접의 봉인을 푸는 소리였다.

어느새 이화운의 오른손에 비류혈접이 들려 있었다.

<u>스르르르륵.</u>

금속이 마찰하며 미끄러지는 소리가 들렸다.

설수린은 침을 꿀꺽 삼켰다. 과연 저 비류혈접으로 폭천우를 막아낼 수 있을까?

폭천우가 터지면 수백 개의 쇠붙이가 사방으로 터져나간다. 물론 한 사람에게 날아드는 숫자는 한정되어 있을 것이다. 십여 개가 될 수도 있고, 몇십 개가 될 수도 있다. 문제는 속도였다. 엄청난 속도로 날아드는 그 작은 것들을 과연 저 혈접으로 막아낼 수 있을까?

그녀는 심장이 두근거렸다.

흥분해서였을까? 그녀는 다시 하나의 장면을 떠올렸다.

또르르.

검날을 타고 피가 흘러내렸다.

또옥.

피가 떨어진 그곳에 한 사내가 눈을 부릅뜬 채 죽어 있었다. 바로 일전의 장면에서 보았던 바로 그 중년 사내였다. 대답을 들으면 후회할 것이라고 말했던 바로 그 사내. 그 사내가 죽어 있었다.

검을 든 손이 파르르 떨렸다.

언제나처럼 그녀는 장면 속의 그가 되어 있었다.

그의 분노가 느껴졌다. 그녀는 장면 속의 그가 중년 사내의 대답을 들었다는 것을 알 수 있었다.

대체 무엇을 물었으며, 무엇을 대답한 것일까? 속 시원히 모든 것을 다 보았으면 좋겠지만, 장면은 마음대로 떠오르지 않았.

또옥.

또 한 방울의 피가 떨어지던 그 순간, 장면이 사라졌다.

설수린은 깊은 한숨을 내쉬었다. 폭천우 때문이라 생각했는지 무영신투가 우울하게 말했다.

"우린 끝장이야."

"아뇨! 그렇지 않을 거예요."

확신에 찬 대답을 한 후, 그녀가 이화운의 등을 보며 물었다.

"그렇죠? 걱정 안 해도 되죠?"

이화운이 돌아보지 않은 채 고개를 끄덕였다.

"그래, 걱정 안 해도 된다."

그 말을 듣는 순간, 그녀의 마음이 편안해졌다.

물론 무영신투는 그 말을 믿지 않았다.

"헛소리. 우린 다 죽고 말 거다."

가만히 무영신투를 쳐다보던 설수린은 갑자기 그의 양 볼을 꼭 잡고 흔들었다.

"요 귀여운 녀석, 세상을 긍정적으로 살아야지."

무영신투가 버럭 화를 냈다.

"이게 무슨 짓이냐!"

"너무 귀여워서요. 참을 수 없었어요."

"내가 몇 살인 줄 알고나 있느냐?"

"또 나이를 앞세우는군요."

"뭣이?"

"그리고 어차피 죽는다면서요? 이런 미녀에게 볼 한 번 꼬집혀 보고 죽는 것도 나쁘지 않잖아요?"

"뭣이?"

무영신투는 할 말을 잃었다.

설수린이 고개를 내저으며 단호히 말했다.

"우린 안 죽어요. 절대로."

"왜 그렇게 확신하지?"

"저깟 암기에 죽기에는……."

여기 이 사람이 너무 아깝잖아요? 아직 그에 대해 알고 싶은 것도 너무 많이 남았고요.

"제 미모가 너무 아깝잖아요?"

무영신투가 졌다는 표정으로 고개를 내저었다.

설수린은 한술 더 떴다. 그녀는 고개를 살짝 내밀고 장삼의 사내를 보며 말했다.

"이 비겁한 놈아!"

장삼의 사내가 비웃으며 말했다.

"다른 사람 뒤에 숨어 있으면서 그딴 소리라니?"

"그래도 적어도 난, 그런 지저분한 암기를 들고 다니진 않아. 자신 있으면 그거 내려놓고 나랑 한판 붙어보든지? 아니다. 넌 그 용린포인지 뭔지 하는 포대기 속에 꼭꼭 숨어 있어라."

장삼의 사내가 인상을 확 썼다. 하지만 이내 코웃음을 쳤다.

"내가 그깟 격장지계(激將之計)에 넘어갈 줄 알았더냐?"

그의 말처럼 그녀는 일부러 화를 돋우고 있었다.

그녀는 이화운을 믿었다. 자신이 상대의 감정을 뒤흔들면 분명 이화운이 공격의 최적기를 찾아낼 것이란 믿음이었다. 그것은 밑져야 본전이 아니라, 절대 밑지지 않을 것이란 확신이었다.

"그러니까 그냥 숨어 있으라고. 그걸 던지고 어떻게 숨는 거지? 얼굴은 가려야지? 웅크리면서 확 뒤집어쓰는 건가?"

"이 망할 년이!"

장삼의 사내가 버럭 화를 내는 그 순간, 이화운이 움직였다.

핑!

손에 들려 있던 혈접이 허공을 가른 것이다. 고맙게도 이화운은 그녀의 의도를 정확히 파악했고, 상대의 기도가 가장 흐트러지는 순간을 포착해 낸 것이다.

혈접을 피하면서 사내의 손에서 폭천우가 날았다. 허를 찔리는 바람에 그는 정공법으로 폭천우를 던져야 했다.

사실 그것을 터뜨리는 방법은 다양했다. 옆으로 던져 설수린과 무영신투를 먼저 노리는 방법도 있었고, 머리 위로 던져서 터뜨리는 방법도 있었다.

하지만 선수를 빼앗기는 바람에 이화운의 정면에 그것을 던져야 했다. 물론 상관없다고 생각했다. 어디서 터지든 상대는 반드시 죽게 될 것이기에.

촤아아아아앙!

폭발하는 순간 수백 개의 암기가 사방으로 터져나갔다.

핑핑핑핑핑핑!

비류혈접이 바람을 가르는 소리를 들으며 사내는 장삼을 뒤집어썼다. 조금 전 설수린에게 발끈한 것은 그녀가 정곡을 찔렀기 때문이었다. 이렇게 장삼 속에 숨는 것이 볼썽사납긴 했지만 어쩔 수 없었다.

'지옥에나 떨어져라!'

팍팍팍팍팍!

자신의 장삼으로 날아드는 암기를 느꼈다. 하지만 암기들은 결코 자신에게 상처를 입히지 못했다.

다음 순간, 주위가 조용해졌다.

모두가 죽었다고 확신한 사내가 장삼을 벗는 그 순간.

핑!

푹!

사내가 자신의 목을 움켜쥐었다. 빠르게 날아든 무엇인가가 자신의 목을 꿰뚫고 지나간 것이다.

뒷걸음질을 치며 물러나던 그가 본능적으로 다른 폭천우를 던지려던 순간, 누군가 그의 팔목을 잡았다.

어느새 이화운이 그의 코앞까지 다가와 또 다른 폭천우를 든 손을 잡고 있었던 것이다. 손에 힘이 들어가지 않았다.

사내가 주위를 둘러보았다. 폭천우는 확실히 터졌다. 사방에 총총히 암기가 박혀 있었으니까.

사내의 부릅뜬 눈에 의구심이 가득했다.

'대체 어떻게?'

살아났는지 물어보고 싶었지만, 말이 나오지 않았다. 목을 움켜쥔 손가락 사이로 피가 흘러나왔다.

그가 지혈을 위해 손에 힘을 주었지만 이내 그 행동은 불필요한 행동이 되었다. 그의 목숨이 끊어진 것이다.

허물어지듯 사내가 뒤로 쓰러졌다. 그의 손에 들려 있던 또 하나의 폭천우는 이화운의 손에 들려 있었다.

이화운은 비류혈접을 날려 자신을 향해 날아드는 암기를 모두 튕겨 냈다.

오직 자신을 노리고 날아드는 것만 튕겨냈다. 뒤에 서 있던 두 사람은 이화운보다 체구가 작았기 때문에 다른 것을 튕겨 낼 필요는 없었다. 물론 그것은 아무나 할 수 있는 일이 아니었다.

휘리리리리릭.

벽에 박혀 있던 혈접이 이화운의 손으로 회수되었다.

철컹.

다시 원래의 모습으로 돌아갔고, 이화운은 그것을 소맷자락에 넣었다.

이화운이 돌아보자 두 사람이 멍한 표정으로 자신을 쳐다보고 있었다.

"……막아냈군요."

설수린은 감격스러웠다. 정말이지 마음 같아선 달려가서 안아 주고 싶었다. 목숨을 구한 것만큼이나, 자신의 믿음을 지켜준 것이 고마웠다.

하지만 먼저 감사 인사를 한 것은 이화운이었다.

"고마워, 당신 덕분이야."

"네?"

"놈의 감정을 흩트려 준 덕분에 쉽게 죽일 수 있었어."

그렇지 않다는 것을 그녀는 잘 안다. 물론 도움이 되었을 수도 있겠지. 하지만 자신이 나서지 않았더라도 그는 상대를 해치울 수 있었을 것이다.

뒤에 서 있던 무영신투의 두 눈에는 불신이 가득했다.

"보고도 믿을 수가 없군. 폭천우를 암기로 막아내다니!"

이화운이 손에 들고 있던 폭천우를 품에 넣었다. 그리고는 사내가 입고 있던 불사용린포를 벗겨서 따로 챙겼다.

설수린이 기겁하며 말했다.

"그 위험한 것을 왜 넣어요."

불사용린포야 보의니까 챙긴다지만.

"제대로 사용하면 이것만큼 안전한 것도 없어. 그만큼 위험한 물건이기 때문에 안전장치가 확실하거든."

"그래도 그렇죠."

하긴 저것 하나에 수천 냥도 더 나갈 테니, 그냥 버려두고 가는 것도 아까운 일이었다.

"내 덕분에 죽인 거니까 그거 팔아서 술이나 실컷 사 줘요."

그녀의 억지에 이화운은 피식 웃었다.

무영신투가 진심을 담아 말했다.

"고맙다."

집문서를 든 손이 살짝 떨리고 있었다.

그와 어머니와의 사연이 궁금했지만 설수린은 묻지 않았다. 저마다 한두 가지 사연쯤은 안고 사는 것이 인생이니.

"자, 이제 말해 주세요. 전각주를 죽인 자는 지금 어디에 있죠?"

* * *

"전각이 주위를 완전히 포위했습니다."

전호의 보고에 설수린이 고개를 끄덕였다.

맹으로 돌아온 설수린은 비영단주 제갈명에게 전각주를 죽인 범인의 위치를 알렸다. 그는 열양조의 고수인 진소양(秦紹洋)이었다.

놀랍게도 그는 간 크게도 무림맹에서 가까운 민가에 숨어 있었다. 한마디로 등잔 밑이 어둡다는 점을 이용한 것이다.

전호가 의아한 표정으로 물었다.

"한데 우리가 직접 안 잡고요?"

물론 그녀는 그런 생각도 안 한 것은 아니다. 멋지게 잡아서 끌고 가는 것도.

하지만 설수린은 그러지 않기로 했다. 그래서 이화운을 먼저 숙소로 돌려보냈다.

"그냥. 그 사람을 너무 부려 먹는 것 같아서."

전호가 의미심장한 미소를 지었다.

"다칠까 봐 걱정되는 것은 아니고요?"

적어도 공명심(功名心)보다는 이화운을 생각하는 마음이 큰 것은 사실이었다.

"우리가 피에 굶주린 살인마도 아니고. 맡겨도 되는 일은 편하게 맡기자고. 전각 쟤네 복수에 눈이 뒤집혔잖아?"

전호가 피식 웃었다. 그는 이화운에 대한 그녀의 마음이 점점 커지고 있음을 느끼고 있었다.

그녀 스스로 알지 못할 뿐이다.

안다고 해도 그녀는 부정할 것이다. 하지만 역시 전호는 안다. 그것은 부정한다고 부정할 수 있는 감정이 아니란 것을.

끝내 부정하더라도 그 감정을 정리하기까지 상당히 오랜 시간이 걸린다는 것을. 자신이 그러했으니까.

'대주님은 그러지 마십시오. 그거 별로 추천할 일, 아니거든요.'

전호가 히죽 웃으며 물었다.

"이로써 대주 자리는 지켜낸 건가요?"

"잡아야 지키지."

"당연히 잡죠. 저길 보세요."

설수린이 전호의 시선을 따라 주위를 훑었다. 주변에는 수백 명의 전각 무인들로 가득했다. 정말이지 모든 전각 무인들이 나선 것 같았다.

설수린의 보고를 받은 제갈명은 곧장 전각에 그 사실을 알렸다. 부각주 적영은 수하들을 모두 거느리고 자신이 직접 출동한 것이다.

"이 인원이라면 맹주님이라도 상대할 수 없다고요."

그렇기야 하겠느냐마는, 정말 이 정도 숫자의 고수들이라면, 진소양이 달아날 확률은 없다고 봐야 했다. 수하들을 빼고 절정에 이른 대주들의 숫자만 해도 수십 명이었으니까.

부각주 적영이 힐끗 세 사람이 서 있는 곳을 쳐다보았다. 그의 표정은 어두웠다. 모든 전각의 무인들이 나서서 범인을 찾고 있었는데, 설수린이 먼저 찾아낸 것이다. 자신들이 체포한다 하더라도, 범인을 잡은 사람은 설수린인 것이다.

설수린에게 감정이 좋지 않은 임소빙 역시 잔뜩 인상을 찌푸리고 있었다. 설수린에게 꾸벅 인사를 하는 원길의 뒤통수를 사정없이 때려 준 것도 그 때문이었다.

적영이 대주들에게 나직이 말했다.

"모두 조심하고, 반드시 생포하도록!"

중요한 것은 놈들의 배후를 알아내는 것이었다.

"알겠습니다."

대주들이 제자리로 돌아갔다.

적영이 신호를 내리자 일제히 전각 무인들이 움직였다. 그들이 건물로 난입하려던 바로 그 순간.
 끼이익.
 한 발 먼저 그곳의 문이 열렸다.
 전각 무인들은 물론이고 지켜보던 설수린과 전호도 깜짝 놀랐다.
 모두의 긴장된 시선이 그곳으로 집중되었다.
 그곳에서 누군가 걸어 나왔다. 순간 설수린과 전호가 깜짝 놀랐다.
 걸어 나온 사람은 얼마 전 무림맹 입구에서 만났던 또 다른 이화운, 바로 섬서의 이화운이었던 것이다.
 그의 손에 들린 검에서 피가 뚝뚝 떨어지고 있었다.

第八章
월하대작

天下第一

전각 무인들이 일제히 검을 뽑아 들고 섬서의 이화운을 포위했다. 그들은 그를 진소양이라고 오해했다.

"잠깐!"

수하들을 제지하며 나선 사람은 부각주 적영이었다. 자신들이 잡으려는 상대는 열양조의 고수였다. 열양조는 손을 사용하는 무공이었는데, 상대는 검을 들고 있었던 것이다.

"그대가 진소양인가?"

"아니오."

"누구시오? 신원을 밝히시오."

"난 이화운이라고 하오."

"이화운?"

적영은 깜짝 놀랐다. 일전에 잡아와 신문하려다 풀어 준 자도 이화운이라고 했었다. 이번 일의 내막을 정확히 알지 못했기에 의문이 드는 것은 당연한 일이었다.

섬서의 이화운은 담담히 말했다.

"본인과 동명이인이 있는 걸로 알고 있소. 그리고 본인은 현재 맹주님의 부름으로 무림맹에 와 있소."

말이 길어지는 것이 귀찮았는지 그는 무림맹주를 언급했다.

그때 무인 하나가 달려와 그것이 사실임을 전했다. 두 사람의 이화운은 자유롭게 무림맹 안팎을 돌아다니고 있었다. 그를 알아본 무인이 있는 것은 전혀 이상한 일이 아니었다.

적영은 조금 누그러진 어조로 물었다.

"한데 이곳에는 어쩐 일이시오?"

그러자 섬서의 이화운이 반쯤 열려 있던 문을 활짝 열어젖혔다. 마당에 누군가 쓰러져 있었다. 주위에 흥건한 피를 볼 때 이미 죽은 것이 확실했다.

"저자는 열양조의 고수 진소양이오. 바로 전각주를 죽인 범인이지요."

적영은 물론이고 설수린까지 모두가 깜짝 놀랐다. 물론 이곳에 진소양이 숨어 있다는 것은 알고 있었다. 문제는 섬서의 이화운이 어떻게 알고 이곳에 한 발 먼저 와 있었느냐는 것이었다.

뒤에 서 있던 설수린이 큰 소리로 물었다.

"어떻게 알았죠? 그가 범인이란 것을?"

섬서의 이화운이 그녀를 보며 기분 좋은 미소를 지었다.

"전에 뵈었던 아름다운 소저시군요. 절 기억하시는지요?"

남들이 봐선 친절한 모습으로 보였겠지만, 정작 설수린은 능글거리는 느낌을 받았다. 비를 맞으며 홀로 서 있는 그 섬뜩한 모습을 본 이상, 그가 친절하면 친절할수록 그것은 가식적이고 이질적으로 느껴졌다.

"기억해요. 그러니 제 질문에 대답해 주세요."

그러자 임소빙이 재빨리 나섰다.

"그녀 물음에 대답할 필요 없어요. 일단 우리와 함께 가서 얘기하죠."

그녀는 당장에 섬서의 이화운을 전각으로 데려가려고 했다.

그러자 섬서의 이화운이 말했다.

"미녀가 묻는데 대답을 안 하는 것도 예의가 아니겠지요. 일단 저 질문에 대한 답은 하도록 하겠소."

적영은 이 자리에서 그 대답을 듣겠다는 신호를 임소빙에게 보냈다. 이 자리에서 들을 수 있는 이야기를 굳이 전각까지 가서 들을 필요가 없다는 생각이었다. 임소빙이 뒤로 물러났다.

섬서의 이화운이 차분히 말했다.

"전각주가 죽었다는 소식을 들었소. 그래서 그냥 있을 수 없다는 생각이 들어 맹주님을 찾아뵈었소."

"왜죠?"

설수린의 물음에 섬서의 이화운의 두 눈이 예리한 빛을 발하며 대답했다.

"전각주의 시체를 보게 해 달라고 부탁했소."

그 말에 모두 깜짝 놀랐다. 섬서의 이화운이 빠르게 말을 덧붙였다.

"시체를 다시 살펴보니, 전각주가 열양조의 고수에게 당했다는 것을 확인했소."

설수린의 눈빛이 예리해졌다.

저 사람도 그 머리에 난 흔적을 발견했다고?

그녀는 선뜻 믿어지지 않았다. 그것은 보통 사람은 절대 알아낼 수 없었다.

"그리고 얼마 전 무림맹이 있는 이곳으로 진소양이 왔다는 것을 알아냈소."

"그건 또 어떻게 알아냈죠?"

섬서의 이화운은 옅은 미소를 지었다.

"그대는 아주 궁금증이 많으시군요."

"어려서부터 궁금한 것은 잘 못 참았거든요."

"미안하지만 정보의 출처는 밝힐 수 없소."

설수린의 두 눈이 가늘어졌다. 의심스러운 점이 한둘이 아니었다. 시체를 검시해 열양조의 고수임을 밝혀낸 것도 모자라, 그가 숨어 있는 곳까지 찾아냈다고?

그럼에도 섬서의 이화운은 당당했다. 그 자신만만한 눈빛을 응시하며 그녀가 물었다.

"좋아요, 끝으로 하나만 더 묻죠. 왜 시키지도 않은 일을 했죠?"

섬서의 이화운이 담담히 대답했다.

"강호의 정의를 지키는 일이지 않소?"

그 말을 듣는 순간, 다시 하나의 장면이 스쳤다.

쏴아아아아아!
캄캄한 밤, 억수처럼 쏟아지는 빗속에 그가 서 있었다.
이전에 그를 처음 만난 날 봤던 그 장면이었다.
비를 맞고 있어서였을까? 여전히 그는 섬뜩하고 두려운 느낌이었다.
번쩍!
벼락으로 주위가 밝아졌다.
그의 얼굴이 드러났다. 지난번 장면은 이 순간에 끊어졌었는데, 이번에는 달랐다.
그가 정면을 쳐다보며 말했다. 누구를 보고 말하는지는 알 수 없었다. 다만 누군가 있다는 것만은 알 수 있었다.
꽈르르르르릉!
"……반드시 해내겠습니다."
때마침 들린 천둥소리 때문에 앞의 말을 듣지 못했지만, 마지막 말은 분명 그러했다.
다음 순간 다시 장면이 사라졌다.
대체 무엇을 해낸다는 말이었을까? 그리고 누구에게?

두 사람의 대화가 끝나자 전각의 대주들이 우르르 나섰고, 섬서의 이화운은 순순히 그들을 따랐다.
떠나면서 그가 설수린에게 정중히 인사를 건넸다.

"다시 또 뵙기를."

그가 떠나는 모습을 지켜보며 설수린이 전호에게 말했다.

"저 사람, 확실히 수상해."

"뭐가요?"

"왜 시키지도 않은 일을 했느냐는 말이지."

"강호의 정의를 위해서라잖아요."

"애냐? 그딴 헛소리를 믿게?"

"공을 세우고 싶었겠죠."

"세워서는? 무림맹에서 한 자리 차지하려고? 지금까지 섬서에서 조용히 잘 살다가 이제 와서?"

"그가 강호를 구할 사람일지도 모르잖아요. 만약 그렇다면 전각주를 죽인 살인범을 찾아내는 것은 당연한 일이겠죠. 영웅이란 자고로 절벽에서 미끄러져도 만년설삼(萬年雪蔘) 밭으로 떨어지는 것들이라고요."

전호는 장난스럽게 말했지만, 그럴듯한 말이기도 했다. 정말 강호를 구할 운명을 타고났다면, 어쩌면 전각주를 죽인 범인을 찾아내는 것도 당연할지 모를 일이다.

"그나저나 이렇게 되면 맹주님과의 약속은 어떻게 되는 거죠?"

"엄밀히 따지면 못 지킨 것이지."

"그래도 찾아내긴 했잖아요?"

생각하기 나름이란 생각이 들었다. 제갈명이 있으니 아예 실패라고는 할 것 같진 않은데.

그녀는 이마 양옆을 손가락으로 꾹꾹 눌렀다.

"갑자기 머리 아프다."

"그럴 때 잘 듣는 약이 있죠."

한잔하자는 말이었다. 정말이지 그녀는 술 생각이 간절했다.

그녀가 좀 떨어진 곳에 대기하고 있던 신화대 수하를 불렀다. 그리고 그에게 이곳 사정을 이화운에게 전하게 했다.

전호가 설수린의 눈치를 살피며 물었다.

"직접 안 가시고요?"

"나중에."

전호는 그녀의 심정을 이해할 수 있었다. 그의 도움으로 이곳까지 알아냈다고 했는데 일이 어긋났으니. 기분이 좋을 리가 없을 것이다. 면목도 없을 테고.

다시 몇 걸음 옮기던 그녀가 발걸음을 멈췄다.

"섬서에서 온 저자에 대해서 알 방법이 없을까?"

"그렇게까지 신경 쓰이세요?"

설수린이 고개를 끄덕이자 전호가 진지하게 말했다.

"한 번 조사해 볼까요? 섬서 쪽에 제가 아는 후배가 있습니다."

잠시 고민하던 설수린이 고개를 가로저으며 말했다.

"아니. 그러지 말자."

"네?"

"위험해. 괜히 끼어들었다가 개죽음당할라."

전호는 잠시 그녀를 말없이 응시했다. 자신이 아는 설수린은 이런 일에 겁먹는 사람이 아니다. 아마도 자신이 느끼지 못한 더 큰 위험을 느낀 것이리라. 적어도 무분별한 성격은 아니었으니까.

"이렇게 예쁜데 정의롭기까지 하면 너무 완벽하잖아?"

"하하하, 그럼요. 지금도 이렇게 눈부신데, 정의롭기까지 하면? 맙소사! 쳐다보면 눈이 멀고 말 겁니다!"

"아, 달콤하다."

"강호 좀 못 구하면 어떻습니까? 누가 저보고 위기에 빠지랬나? 우리가 위기로 등을 떠민 것도 아니잖아요? 가요, 술이나 마시자고요."

"그래, 가자!"

설수린이 전호의 뒤를 따라 걸었다.

장난기 가득했던 그녀의 얼굴은 어느새 심각해져 있었다. 예상치 못한 일들이 계속 이어지고 있었다. 그리고 그것은 자신이 감당할 수 있는 한계를 넘은 일들이었다.

전호 역시 비슷한 심정인 모양이었다.

"능력 안 될 때는 옆집 사람이라도 구해 가며 사는 거죠. 가늘고 길게 살아야죠!"

천천히 그 뒤를 따라 걸으며 그녀는 혼잣말처럼 속삭였다.

"그조차도 쉽지 않다. 이 강호는……."

* * *

깊은 밤, 설수린과 전호가 주점을 나섰다.

"나 먼저 간다."

"한 잔 더 안 하시고요? 그러지 말고 한 잔 더 해요."

"됐다. 오늘은 그만 마시련다."

밤새 달릴 작정으로 시작했는데 막상 마시니 술이 잘 들어가지 않았다. 그런 날이 있다. 마음 따로, 몸 따로인 날. 이런 날 마셔 댔다간 주사나 부릴 것이 뻔했기에 여기까지만 하려는 것이다. 마음도 심란했고.

"전 애들 불러서 한 잔 더 하렵니다."

"애들은 뭔 죄냐?"

"외로워서 벽 긁고 있는 것들입니다. 나오라면 초상비(草上飛)로 휠휠 날아서 올 겁니다."

그러고는 기루에 월봉을 탈탈 털리겠지.

"너무 과음은 말고."

"싫습니다. 대주님께 버림받은 몸, 죽을 때까지 마실 겁니다."

"좋겠네. 죽어도 술에 절어서 썩지도 않을 테니까. 마인들이 데려다가 강시로 쓸지 모르지."

"무섭게 왜 이러세요?"

"그러니 적당히 마시란 말씀이다. 나, 간다."

"조심해서 들어가십시오."

설수린은 저잣거리를 빠져나와 숙소로 향했다. 이렇게 밤길을 혼자 걸은 것도 오랜만이었다.

술에 취해 흥청거리는 몇몇 취객들이 있었지만, 싸움이 난다거나, 행패를 부리는 사람은 없었다. 반 시진마다 무림맹의 무인들이 순찰하였고, 술을 먹고 사고를 치면 엄중하게 처벌했다.

그녀는 맹의 입구를 통과해 숙소를 향해 걸었다.

강호인이라면 누구나 그렇겠지만, 자신이 예상하지 못하는 일들이 자꾸 벌어지면 당황하고 긴장하게 된다.

 광활한 벌판에 서 있는데, 사방에 휘몰아치는 소용돌이가 하나둘씩 늘어나고 있는 느낌이랄까?

 기분이 그래서였을까? 밤하늘의 초승달이 이방인의 낯선 암기처럼 날카롭게 느껴졌다.

 그렇게 상념에 잠겨 걸음을 옮기던 그녀가 발걸음을 멈췄다.

 "어? 여기는?"

 도착한 곳은 자신의 숙소가 아니라 이화운의 숙소였다.

 무심코 걷다 보니 이곳으로 온 것이다. 이 밤에 술까지 마시고. 오해하기 딱 좋은 상황이었다.

 오해라면 지긋지긋하지.

 잽싸게 돌아서던 그녀는 깜짝 놀랐다. 조금 떨어진 곳에 이화운이 서 있었던 것이다.

 잠시 두 사람의 시선이 허공에서 얽혔다.

 변함없는 표정 속에 담긴 눈빛은 왠지 오늘따라 따뜻하게 느껴졌다.

 그래서였을 것이다. 장난치고 싶은 마음이 든 것은.

 "여기 주인이세요?"

 그녀의 물음에 이화운이 고개를 끄덕였다.

 그러자 설수린이 싱긋 웃으며 말했다.

 "버려진 집인 줄 알았어요."

 예전 처음 만났을 때, 그녀가 했던 말이었다. 그때 이화운은 이렇게 말했다. 차라리 미친년 행색을 하는 것이 나았을 텐데.

하지만 이제 그는 미소를 지으며 이렇게 말했다.

"한 잔 더 할래?"

그러면서 손에 쥐고 있던 것을 들어 보였다. 그녀는 이제야 그의 손에 술병을 들려 있다는 것을 알아차렸다. 술을 사러 나갔다 온 모양이었다. 설수린이 웃으며 말했다.

"좋은 술이라면요."

"알잖아? 나 돈 많은 것."

두 사람이 마주 보며 피식 웃었다.

그렇게 두 사람이 마당으로 들어섰다.

"우리 답답하니까 여기서 먹죠."

그녀가 마당에 놓인 평평한 바위에 앉았다.

"잠시 기다려."

술병을 내려놓고 이화운이 안으로 들어갔다.

그녀는 전호에게 미안했다. 함께 술 마시자는 것을 거절하고 왔는데. 오른팔, 네가 이해 좀 해라. 저 사람이 마시자니까, 마시고 싶어지는 걸 어쩌겠느냐?

이화운이 잔과 간단한 안줏거리를 내왔다.

두 사람이 바위에 나란히 앉았다. 바위 모양이 마주 앉기에는 불편했기 때문이었다.

이화운이 술잔을 채웠다. 두 사람이 시원스럽게 술을 비웠다.

"술 잘 드시는 것 같은데. 언제부터 마시기 시작했어요?"

"원래는 술을 마시지 않았어."

이화운의 대답에 그녀는 깜짝 놀랐다.

"정말요? 잘 마시는 것 같은데요?"

"자꾸 마시니 늘더군."

"하긴 그렇죠."

그의 말대로 술처럼 빨리 느는 것은 없을 것이다. 자신도 그랬다. 처음 마실 때는 이 독하고 맛없는 것을 왜 마실까 했었는데. 한 잔, 두 잔 마시다 보니 금방 술이 늘었다.

"그래서 언제부터 마셨는데요?"

"오 년 전."

오 년 전이란 말이 낯설지가 않았다.

아, 저 사람이 중경에 정착한 것이 오 년 전이랬지? 또 그의 사부가 비류혈접을 도난당한 것도 오 년 전이었고. 오 년 전, 그에게 많은 일이 있었다는 생각이 들었다.

이화운이 자신의 잔만 채웠다. 이화운은 그녀에게 따로 술을 권하지 않았다.

그녀도 억지로 술을 권하지 않았다. 술자리에 함께 있다는 것이 즐거운 것이지, 굳이 함께 마신다고 좋은 것은 아니란 생각 때문이었다.

"소식 들었죠?"

이화운은 고개를 끄덕였다.

"이번 일 어떻게 생각하세요?"

이화운은 아무 대답도 하지 않았다. 그저 자신의 빈 잔에 술을 따를 뿐이었다.

캐물으려던 그녀는 입을 다물었다. 이렇게 분위기 좋은 밤, 더구나 술자리에서 굳이 그런 골치 아픈 이야기를 할 필요가 없겠다는 생각이 든 것이다.

어차피 현실은 내일 아침에 눈을 떠도 변하지 않을 테니까.

"그래요, 오늘은 그냥 다 잊고 술이나 마시자고요."

그녀가 술잔을 비웠다.

은은한 달빛 아래에서 그와 함께 술을 마시는 것이 기분 좋았다. 이화운이라는 남자가 주는 적당한 긴장감이 좋았다.

두 사람은 말없이 술잔만 비웠다.

누군가 말했다. 함께하는 침묵이 불편하지 않으면, 그 사람과는 친한 것이라고. 한참을 말없이 술만 마셔도 마음이 불편하지 않았다.

술에 취하고, 달빛에 취하고……

설수린이 옆에 앉은 이화운을 바라보았다.

가만히 자신의 잔을 내려다보는 그의 눈빛이 왠지 서글퍼 보였다. 언젠가 석양을 향해 걸어가는 뒷모습을 볼 때도 이런 외로운 느낌을 받았다. 그때 달려가서 어깨동무해 주고 싶다는 생각을 했었는데…….

그 순간 설수린이 이화운의 어깨에 팔을 걸쳤다. 갑자기 그녀가 어깨동무하자, 흠칫 놀란 이화운이 그녀를 돌아보았다.

사실 그녀가 더 놀랐다. 의도적으로 한 행동이 아니라 무심코 손이 나가 버렸던 것이다.

헐! 미쳤지. 이건 아니잖아? 어쩌지? 지금 손 내리면 어색해질 텐데? 술 취한 척해야 하나?

당황한 그녀의 얼굴이 붉게 달아올랐다. 당황하면 표가 많이 나는 그녀였다. 어찌해야 할 바를 몰라 심장이 두근거렸고, 귓불까지 빨개

졌다.

게다가 이화운이 빤히 쳐다보자 심장이 터질 듯이 뛰었다.

그때 이화운이 나직이 말했다.

"무거우니까 그만 내리지?"

"아. 네. 네."

설수린이 후다닥 팔을 내렸다. 그녀의 얼굴이 더욱 붉어졌다. 평소에는 화끈하고 대범한데. 당황했을 때는 어찌할 줄을 모르는 그녀다.

그때 이화운이 자신의 술잔을 내려다보며 나직이 말했다.

"고마워."

순간 그녀는 깜짝 놀랐다. 처음에는 자신이 잘못 들은 것인지 알았다. 하지만 분명 고맙다는 말이었다.

그 한 마디에 그녀의 마음이 거짓말처럼 차분히 가라앉았다. 왠지 기분이 좋아졌다. 그녀는 느낄 수 있었다. 단순히 어깨동무 때문이 아니라 마음속 깊은 외로움을 어루만져 준 것을 고마워했다는 것을.

그녀의 입가에 미소가 지어졌다.

"당연히 고마워해야죠. 이런 미녀가 같이 술도 마셔 주는데."

그녀의 너스레에 이화운이 피식 웃었다.

그 기분 좋은 웃음을 보며 그녀는 밤하늘을 올려다보았다.

"오늘 달빛이 참 좋네요."

암기처럼 날카롭게 보이던 초승달은 이제 미녀의 눈썹처럼 아름답게 빛나고 있었다.

* * *

"이번 일 어떻게 생각하나?"

설수린이 이화운에게 했던 질문이 맹주전에서도 나오고 있었다. 섬서의 이화운이 전각주를 죽인 범인을 잡은 것은 그 누구도 예상치 못한 일이었다.

이화운은 대답하지 않았지만, 맹주의 질문을 받은 제갈명은 차분히 자기 생각을 밝혔다.

"긍정적인 측면과 부정적인 측면이 있습니다."

"긍정적인 것부터 말해 보게."

"충분히 있을 수 있는 일입니다. 패왕을 격살한 것만 봐도 알 수 있듯 그는 비범한 인물입니다. 시체에서 진짜 사인을 발견해 내고, 그 범인인 진소양을 찾아내서 죽였다고 해도 이상할 것이 없지요."

특히나 섬서의 이화운은 공명심이 강해 보이는 인물이었다.

"그럼 부정적인 측면은?"

천무광의 물음에 제갈명은 잠시 대답을 아꼈다. 앞서의 대답은 쉽게 할 수 있었지만 이제 해야 할 대답은 아주 심각한 내용이었다.

"진소양을 죽인 것이 살인멸구였을 가능성입니다. 설 대주가 범인의 정체를 밝혀낸 것을 알고, 한 발 먼저 진소양을 제거했을 경우입니다. 물론 앞서 경우보다 그럴 가능성은 희박합니다만."

그 말은 곧 섬서의 이화운이 암중 세력과 한편이란 뜻이었다.

제갈명은 그 어느 때보다 신중한 표정이었고 천무광은 태사의 손잡이를 톡톡 두드리고 있었다.

"만약 그렇다면 문제는 그자의 목적입니다."

아무리 희박한 가능성일지라도 그냥 넘어갈 수 없는 이유가 바로 여기에 있었다.

"무엇이라고 생각하나?"

잠시 사이를 두고 제갈명이 심각한 표정으로 말했다.

"맹주님입니다."

이어지는 대답은 그 표정보다 훨씬 심각한 것이었다.

"맹주님의 암살이 목적이라고 생각합니다."

그에 비해 천무광은 전혀 동요하지 않았다.

"전각주를 죽임으로써 맹주님의 한쪽 팔을 잘라내고, 다시 그 범인을 잡아서 신임까지 얻고. 돌 하나를 던져 새 두 마리를 잡은 셈이지요."

"그래서 남긴 돌을 던져 날 잡겠다?"

천무광의 비유에 제갈명은 미소를 지었다. 맹주의 여유는 분명 나쁘지 않다. 이런 상황에서 그가 긴장하면 잘못된 판단을 내릴 가능성이 늘어날 테니까.

"아무튼, 다행이군."

"무엇이 말씀입니까?"

"내 팔을 잘라낼 때, 다른 팔을 먼저 잘라줘서."

"……!"

전각주보다 제갈명이 더 소중하다는 뜻이었다.

고마움을 느끼는 대신 제갈명은 가슴이 철렁했다.

'왜 그를 먼저 죽인 것이지?'

제갈명은 맹주와 섬서 이화운에 대해 고민하느라 자신이 죽었을 수도 있었다는 가능성은 생각하지 못하고 있었다.

　만약 자신이 상대였다면, 틀림없이 자신을 먼저 노렸을 것이다. 머리가 없으면 더욱 상대하기 쉬웠을 테니까.

　'그런데 왜?'

　불쑥 두려운 마음이 들었다.

　그때 천무광이 손가락을 튕겨 신호를 보내자, 한옆에서 문이 열리며 두 명의 사내가 걸어 나왔다.

　"청(靑)입니다."

　"명(明)입니다."

　깍듯하게 인사하며 두 사람이 각자 자신을 소개했다. 한눈에도 보통 무공이 아닌 이들이었다. 초절정에 이른 두 사람은 맹주의 측근들로 호위무사인 신충의 수족들이었다.

　"좀 귀찮더라도 자네가 이해하게."

　은밀히 제갈명을 호위하는 무인들이 있었지만, 이들 두 사람의 실력과는 비할 바가 아니었다.

　"감사합니다."

　정중히 인사를 하고 제갈명은 맹주전을 나섰다. 청과 명은 모습을 감춘 채 그의 뒤를 그림자처럼 따라붙었다.

＊　　＊　　＊

　"왜 그를 살려두신 겁니까?"

　육호의 물음에 삼호는 뜻 모를 미소만 지었다.

육호가 삼호의 정육점을 찾아왔을 때, 그녀는 고기를 써는 그곳에 걸터앉아 술을 마시고 있었다. 그녀가 술을 마시는 모습은 처음이었기에 육호는 왠지 그 모습이 낯설게 느껴졌다.

"왜 제갈명도 없애 버리지 않으시고요?"

그녀는 대답 대신 술병을 내밀었다.

"한 모금 하세요."

육호가 정중히 술병을 받아 마셨다.

"캬!"

절로 탄성이 나오는 아주 독한 술이었다. 그녀라면 왠지 부드러운 술을 마실 것 같았는데 의외란 생각이 들었다.

"안주는 저것이면 되겠지요?"

그러면서 그녀는 작은 창으로 보이는 초승달을 쳐다보았다.

지난번, 구호를 데려오는 등의 반항을 해서일까?

지금껏 삼호는 자신에게 이런 모습을 보여준 적이 단 한 번도 없었다. 그녀에게서 어떤 끈적한 열기가 느껴졌다.

술병을 다시 건네주며 육호는 생각했다. 어쩌면 그녀는 지금 외로워하고 있을지도 모른다고.

그렇지만 그녀의 마음을 위로해 줄 생각은 전혀 없었다.

자신의 생사여탈권(生死與奪權)을 지닌 그녀였다. 언제라도 마음만 먹으면 자신을 손쉽게 죽일 수 있는 것이다. 그녀가 지금 자신에게 보이는 감정은 희롱에 불과하다.

그럼에도 오늘의 삼호는 왠지 그의 마음을 흔들었다. 이런 관계로 만나지 않았다면 좋았을 것이란 생각이 들 정도였으니까.

'멍청한! 쓸데없는 감정에 휘둘렸다간 정말 비참하게 죽게 된다.'

한참이 지나고 나서야 비로소 삼호가 대답했다.

"머리를 쓰는 사람이 없으면 확실히 상대하기 쉽지요. 병법에도 있는 말 아닌가요? 적을 상대할 때 가장 먼저 머리를 잘라 내라고."

다시 한 번 술병이 오갔다. 술병을 받아 들며 그녀는 의외의 질문을 던졌다.

"혹시 바둑 둘 줄 아세요?"

"그냥 규칙이나 아는 정도입니다."

"그대와 내가 바둑을 두면 어떻게 될까요?"

"당연히 제가 지겠지요."

"맞아요. 또한, 당신은 바둑을 두는 내내 재미가 없을 거예요. 집중도 못 하겠죠."

"그럴 겁니다."

"하지만 답답한 것은 당신만이 아니에요. 국면은 내 의도대로 흘러가지 않을 테니까요. 함정을 만들어 두면 엉뚱한 곳에 둘 테고. 어쩌면 판이 끝나기 전에 화가 나서 바둑판을 뒤집어엎는 쪽은 나일지도 모르지요."

"아!"

"그래요, 제갈명이 없으면 더 힘든 싸움이 될 거예요. 내가 예측할 수 없는 수들이 난무하게 될 테니까."

이제야 그녀의 생각을 확실히 알 것 같았다.

그녀는 제갈명과의 머리싸움에서 확실히 이길 자신이 있는 것이다. 한마디로 제갈명이 있어야 오히려 판세를 유리하게 이끌어 갈 수 있다는 뜻이었다. 상대가 무림맹 총군사임을 생각할 때, 대단한 자신감이 아닐 수 없었다.

"걱정하지 마세요. 난 자만심 같은 것은 안 키우니까."

속마음을 꿰뚫어보는 귀신같은 한마디에 육호는 말없이 고개를 숙였다.

"앞으로 많은 사람이 죽게 될 거예요. 대의를 추구하다 보면 불가피한 희생이 따르는 법이지요."

그녀의 입에서 나온 그 말은 육호에게 와 닿지 않았다. 저 대단한 머리로 하는 일에 불가피한 희생이 어디에 있단 말인가? 모두 의도되고 방조된 희생이겠지. 그 희생자의 명단에 자신의 이름이 오르지 않기를 바랄 뿐이었다.

그녀가 마지막 남은 술을 비우며 말했다.

"이제 곧 두 번째 작전이 시작될 거예요."

* * *

이튿날 설수린이 눈을 번쩍 떴다.

낯선 천장에 놀라 벌떡 몸을 일으키자 그곳은 이화운의 방이었다. 자고 있던 곳은 이화운의 침상이었다.

몸을 일으킨 그녀가 머리를 감싸 쥐었다.

"아, 머리야."

두통과 함께 엄청난 숙취가 밀려들었다. 언제 기억이 끊어졌는지조차 모를 정도였다. 기분이 좋아져서 술을 몇 병 더 사 오고. 둘이서 신이 나게 마셔대던 기억만 났다.

그나저나 침상까지는 어떻게 왔지? 내 발로 걸어왔겠지? 설마 저 사람이 안고 온 것은 아니겠지? 헉! 설마 주사를 부린 것은 아니겠지?

그녀가 침상에서 내려왔다. 속이 쓰리고 울렁거렸다.

이화운은 방에 없었다. 그녀가 문을 열고 밖으로 나갔다. 앞마당에도 이화운은 없었다.

"대체 이 사람 어디로 갔지?"

그때 뒷마당에서 인기척을 느낀 그녀가 그곳으로 걸어갔다. 건물 뒤편에 조금 너른 공터가 있었는데 이화운은 그곳에서 몸을 풀고 있었다.

부지런도 하다. 그렇게 마시고 아침 수련이라니?

다른 사람의 무공 수련은 훔쳐보지 않는 것이 강호인들의 불문율(不文律)이었다.

돌아서려던 그녀가 다시 이화운을 쳐다보았다.

이화운은 초식을 펼치고 있는 것이 아니었다. 그는 싸우고 있었다.

놀랍게도 상대가 없는 싸움이었다. 허공에 주먹을 뻗고 발길질을 하는 그는 가상의 적과 싸우고 있는 중이었다. 절정에 이른 그녀조차도 말로만 듣던 초고수들의 수련법을 이화운이 행하고 있었던 것이다.

설수린은 그의 움직임에서 눈을 뗄 수가 없었다.

팡팡팡팡팡!

이화운의 주먹과 발길질에 빈 허공이 터져나갔다. 그를 모르는 사람이 본다면, 설령 절정 고수라 하더라도 저 동작들이 얼마나 무서운 것인지 알지 못할 것이다.

자신만 하더라도, 이화운이 십호의 팔을 부러뜨리는 것을 보지 않았다면, 그저 평범한 주먹질과 발길질이라 여겼을 테니까.

그녀는 저 하나하나의 동작이 절대 범상치 않다는 것을 잘 알았다. 보이는 것과는 정말 다른, 너무 완벽해서 오히려 평범해 보이는 무공이었다.

한데 대체 상대가 누구이길래 저렇게 격렬하게 싸우는 것일까?

이화운이 빠르게 회전하며 어깨로 상대를 가격했다.

그리고 뒤로 튕겨져 나간 상대를 따라붙었다. 그녀가 자신도 모르게 두 주먹을 꽉 쥐었다. 마치 자신이 직접 싸우는 기분이 들었다.

이화운의 무공이 그러했다.

그가 싸우는 모습을 보고 있으면 가슴이 뛰었다. 그리고 오늘의 이 싸움은 지금까지 봐 왔던 어떤 싸움보다 더 가슴이 뛰었다.

이화운이 이리저리 몸을 비틀며 피했다. 상대가 얼마나 빠르던지 그는 바닥을 몇 번이나 뒹굴었다.

대체 누구와 싸우는 것일까?

이화운이 저렇게 격렬하게 싸우는 모습은 처음이었다. 그만큼 강한 상대였다.

파아앙!

이화운의 내질러진 주먹이 허공을 찢어발겼다. 다음 순간, 정말 누군가에게 맞기라도 한 듯 이화운이 뒤로 주르륵 밀렸다.

"헉헉헉!"

그가 선 채로 숨을 몰아쉬었다. 싸움이 끝난 것이다.
어차피 처음부터 다 봤고, 이화운이 그것을 모를 리 없었기에 그녀는 그에게 다가갔다. 어젯밤 일도 그렇고, 그의 침상에서 잔 것도 그렇고, 그녀는 괜히 쑥스럽고 무안했다.
"아, 속 쓰려. 내 이놈의 술을 끊든지 해야지."
그러면서 대수롭지 않은 듯 물었다.
"이겼어요?"
그녀의 물음에 이화운이 고개를 내저었다.
"졌어."
내심 깜짝 놀랐지만, 그녀는 대수롭지 않은 듯 말했다.
"속도 안 풀고 아침부터 무슨 수련이에요? 그러니까 지죠."
그녀는 이화운의 눈치를 보며 조심스럽게 덧붙여 물었다.
"누구와 싸웠는데요?"
바로 그때, 어디선가 낯선 목소리가 들려왔다.
"그는 자신과 싸웠다."
깜짝 놀라 쳐다보니 한옆 담 앞에 검을 찬 사내 하나가 서 있었다. 나이는 이화운보다 많아 보였는데, 다부진 체구에 아주 잘생긴 얼굴이었다.
하지만 그의 얼굴에는 큰 상처가 있었다. 좌측 이마에서 우측 턱으로 이어진 기다란 검상이었다.
강호인이 아닌 사람이 봤다면 마주 쳐다보기도 어려운 무시무시한 상처였는데 얼굴에 저런 상처를 입고도 죽지 않은 것이 다행이란 생각이 들 정도였다.

상처 다음으로 시선을 잡아끄는 것이 있었다.

그의 팔에 새겨진 문신, 그것은 바로 용이었다. 오른팔 전체에 한 마리의 용이 승천하는 모습이 새겨져 있었다.

그는 수많은 폭풍을 헤쳐 온 강인한 뱃사람 같기도 했고, 거친 삶을 살아온 낭인처럼 보이기도 했다.

그는 분명 무림맹 무인은 아니었다. 그렇다고 허가를 받고 들어온 것 같지도 않았다.

감시를 피해 이곳까지 들어왔단 말이지?

설수린의 눈빛이 날카로워졌다. 상대가 아무리 강하든 자신은 무림맹 무인이었다. 무단 침입한 상대를 그냥 두고 볼 수는 없었기에 그녀는 언제라도 검을 뽑을 준비를 했다.

그때 이화운이 복잡한 눈빛으로 그를 바라보며 입을 열었다.

"오랜만입니다."

그의 목소리는 분명 평소와 달랐다. 여러 복잡 미묘한 감정이 담겨 있었다.

"사형."

이화운의 덧붙임에 설수린은 깜짝 놀랐다.

저 사람이 그의 사형?

그렇다면 이해가 되었다. 이화운의 사형이라면 무림맹이 아니라 이곳이 맹주전이라 한들 크게 이상하지 않을 것 같았다.

사내의 이름은 곽풍(郭風)이었다.

"망향곡주가 다시 나타나지 않은 것을 보고, 사형이 나선 줄 알았습니다."

"그래, 맞다. 그자는 내가 없앴다."

설수린은 침을 꿀꺽 삼켰다.

그래서 망향곡주가 나타나지 않았구나. 망향곡에서 그렇게 집요하게 공격을 해 왔던 것이 자신들이 그를 죽였다고 생각해서였구나.

"대체 왜 나선 것이냐? 저 여자아이의 미모에 현혹된 것이더냐?"

그녀가 곽풍과 시선이 마주치던 바로 그 순간,

그의 싸늘한 얼굴 위로 하나의 장면이 겹쳐지며 떠올랐다.

장면 속의 곽풍은 활짝 웃고 있었다.

지금보다 훨씬 젊은 시절의 그였다. 그리고 얼굴에 상처가 없었다. 지금과는 비교할 수 없을 정도로 밝고 건강한 느낌.

"운아, 네 재능은 정말 뛰어나구나."

그 앞에 웃고 서 있는 소년은 바로 어린 시절의 이화운이었다. 그는 지금보다 몇 배는 더 귀여워 보였다.

"사부님과 사형이 잘 가르쳐 주신 덕분이지요."

곽풍이 이화운의 머리를 쓰다듬어 주었다.

"그렇지 않다. 넌 무공을 익히는 데 천부적인 소질을 지녔다."

하지만 이내 이화운을 응시하는 그의 눈빛이 깊어졌다.

"운아."

"네, 사형."

"하지만 네가 이 초식을 단 한 번에 익힌 것은 당분간 이 사형과 둘만의 비밀로 하자."

어린 이화운이 이해할 수 없다는 표정을 지었다.

"다른 사형제들에게도요?"

"그래, 사형제들에게도."

"그럼 사부님께는요?"

곽풍은 옅은 미소를 지으며 말했다.

"사부님에게도."

다음 순간, 장면이 사라졌다. 곽풍이 웃던 그 얼굴 위로 현재 곽풍의 모습이 겹쳐졌다.

상처로 무섭게 변해 버린 인상, 그리고 차가운 표정. 도저히 같은 사람이란 생각이 들지 않았다.

그녀는 문득 일전에 이화운과 함께 저잣거리를 함께 걸었던 날이 떠올랐다. 그날 이화운은 젊은이들이 모여 있는 것을 한참이나 쳐다보고 있었다.

이제야 알 것 같았다. 그날 이화운은 자신의 사형제들을 추억하고 있었다는 것을. 그의 사형제들은 모두 몇 명이나 되는 것일까?

곽풍이 다시 물었다.

"저 여인 때문이냐?"

이화운은 아무 대답도 하지 않았다.

그녀는 이화운이 단호히 아니라고 하지 않는 것이 자신에 대한 배려란 생각이 들었다.

그가 따라나선 것이 자신 때문이 아니란 것을 그녀는 알았으니까. 진짜 이유는 그녀도 듣고 싶었다. 왜 자신을 따라나섰는지.

곽풍이 다시 말했다.

"그는 널 일부러 끌어들이려는 것이다."

그? 대체 누구를 말하는 것일까?

"알고 있습니다."

"알고 있다고?"

"네."

"그런데 왜 나선 것이냐?"

곽풍을 향한 이화운의 눈빛이 강렬해졌다.

"이제 어떤 식이든 끝을 볼 때가 되었다고 생각합니다."

그 말에 곽풍의 표정이 굳어졌다.

"진심이냐?"

이화운이 천천히 고개를 끄덕였고 잠시 사이를 두고 곽풍이 다시 물었다.

"그 끝에 무엇이 기다리고 있는지 알고 있느냐?"

"……알고 있습니다."

무거운 침묵이 흘렀다.

곽풍은 고개를 가로저었다. 얼굴을 가로지른 상처를 따라 깊은 탄식이 흘렀다.

"……대체 어디서부터 잘못된 거지?"

휙. 그가 몸을 날려 그곳에서 사라졌다.

이화운은 조금 복잡한 심경으로 그가 사라진 곳을 쳐다보고 있었다.

설수린은 느낄 수 있었다. 설령 강호를 구하는 사람이 눈앞의 저 이화운이 아닐지라도, 분명 그와 그의 사문은 이번 예언과 깊은 관련이 있음을.

이화운이 그녀를 돌아보았다. 두 사람의 시선이 허공에서 얽혔다. 그의 두 눈에서 말 못할 복잡한 심경을 읽었다.

가끔은 아무것도 묻지 않는 것이 누군가를 위한 가장 좋은 선택일 때가 있다.

"가요, 끝내주는 해장국 파는 집 아니까."

第九章
정체

天下第一

"자네가 가줘야겠네."

맹주 천무광의 말에 전각의 부각주 적영의 표정이 굳어졌다. 어느 정도 각오는 하고 있었지만 실제로 들으니 당황스러웠다. 아무리 노력해도 표정 관리가 되지 않았다.

'빌어먹을! 결국, 이렇게 버려지는 것인가?'

변두리 지단의 부단주, 그것도 단주도 아니고 부단주였다. 명백한 좌천이었다. 하지만 그는 변명의 여지가 없었다.

이번에 전각주를 죽인 범인을 반드시 자신이 잡았어야 했다. 하지만 그는 전각주가 될 그 마지막 기회를 놓치고 만 것이다.

"충심을 다해 명을 받들겠습니다."

마음이 더없이 복잡했기에 그의 목소리가 갈라졌다.

"고맙네, 조만간에 다시 보게 되리라 믿네."

천무광은 그의 손을 힘차게 잡아 주었다. 마치 그 행동은 조만간에 다시 불러들일 테니, 조금만 참아 달라는 행동처럼 느껴졌다.

적영이 나가고 나자, 그제야 제갈명이 입을 열었다.

"잘하셨습니다."

천무광에게 그를 잘 위로해 주라는 부탁을 했는데, 손까지 잡아 준 것이다. 감정이 격해져 있을 때, 맹주의 그런 행동 하나가 그에게 큰 위안이 되었으리라. 요즘 같은 때라면 내부의 분열은 최소화해야 할 상황이었으니.

"원래 계획대로 발령 내리게."

"알겠습니다. 곧장 청룡단주 사도명에게 발령내겠습니다."

천무광이 자신의 태사의에 앉으며 나직이 물었다.

"그에 대해 조치는 했나?"

"그림자를 붙였습니다."

천무광이 올바른 조치라는 듯 고개를 끄덕였다. 섬서의 이화운에게 감시자를 붙였다는 말이었다.

그림자란 은영대(隱影隊) 소속의 무인들을 지칭하는 말로 그들은 누군가를 감시하기 위한 무인들이었다. 무공보다는 감시에 특화된 이들로 최고 수준의 은영은 맹주조차도 감지하기 어려운 뛰어난 은신 기술을 지녔다.

얼마나 밀착 감시를 하느냐에 따라 다르지만, 최고 실력의 은영대 무인을 파견했으니 섬서의 이화운에게 들킬 일은 없었다.

"이번 일의 배후는 뭔가 확실한 목적을 가지고 움직이고 있습니다."

지난번에 언급했듯이 그 제일의 목적은 맹주일 것이라고 제갈명은 확신했다.

"이 늙은 몸 하나 죽는다고……."

제갈명이 희미한 미소를 지었다. 조금 전 천무광의 말은 자신이 살면서 들었던 겸손 중에서 최고의 자리를 차지할 말이었다.

제갈명이 담담히 말했다.

"천기사의 예언 이후 생각해 보았습니다. 대체 어떤 식으로 강호 멸망이 일어날지. 도통 감이 오지 않았었지요."

하지만 이제는 알 것 같았다. 이번 일을 겪으면서 어떤 감이 온 것이다.

"강호 멸망이라 함은 거의 모든 강호인이 죽는 것 아니겠습니까? 치명적인 병이 돌아서 모두 죽는 것이 아니라면……."

"아니라면?"

제갈명이 심각한 표정으로 나직이 말했다.

"전쟁이겠지요."

순간 그곳에 긴장감이 감돌았다.

강호의 전쟁은 정파와 사파가 싸우는 정사대전, 혹은 정파와 마교가 싸우는 정마대전이 될 것이다. 최악의 상황은 사파와 마교의 연합군을 상대하는 것이 될 것이고.

"그것이 나와 무슨 상관인가?"

"강호의 가장 강력한 전쟁 억제력이 바로 맹주님이시니까요."

"……!"

"불경스러운 말씀이지만, 만약 맹주님이 돌아가신다면…… 이 강호에 어떤 일이 벌어져도 전혀 이상하지 않을 겁니다."

말의 내용에 비해 너무나 차분한 목소리로 제갈명이 말을 이어 나갔다.

"설령 그것이 전쟁이라 하더라도 말입니다."

*　　*　　*

"아! 이제 살 것 같다."

설수린이 찻잔을 내려놓았다. 해장국을 먹고 두 사람은 인근의 다루에서 차를 마셨다.

어젯밤, 술을 마신 이후로 그와 좀 더 가까워진 느낌이 들었다. 물론 아까 사형의 등장으로 놀라긴 했지만.

다루 밖 경치는 더없이 평화로웠다. 천라지망이 풀리면서 어제만 해도 저잣거리를 가득 메운 무림맹 무인들은 모두 사라지고 없었다.

창밖으로 십 대 아이들이 떠들며 지나가고 있었다. 훈련용 나무 검을 차고 있는 것으로 봐서 인근의 무관에 다니는 아이들인 모양이었다. 그날 배운 초식에 관한 이야기를 나누며 지나가고 있었다.

문득 그 모습을 보니, 강호 멸망이란 말이 무겁게 다가왔다. 강호의 길밥을 먹으며 살다 보니 죽으면 할 수 없지, 혹은 언젠가는 죽고 말겠지란 생각이 은연중에 있었다.

하지만 강호 멸망이 현실화되면 저 아이들의 꿈은 없어지게 되는 것이다.

이놈들아, 혹시 모르니 여기 와서 이 사람에게 인사라도 하고 가! 이 강호도, 너희 목숨도 여기 이 사람이 구할지도 몰라.

그때 이화운이 찻잔을 내려놓으며 말했다.

"돈 안 갚아?"

설수린이 한숨을 내쉬며 고개를 내저었다.

얘들아, 아니다. 이 사람은 아니야. 강호를 구할 사람이 이럴 리가 없어! 이렇게 쩨쩨할 리가 없어!

"갚아요, 갚는다고요."

설수린이 품에서 열 냥짜리 전표 두 장을 꺼냈다. 갚아 주려고 미리 준비해 뒀는데 어제 술 마신다고 주지 못했던 것이다.

장난기를 거두고 그녀가 진심으로 말했다.

"고마웠어요."

가까운 사이일수록 돈거래는 조심해야 한다. 그런 말도 있지 않은가? 돈을 안 빌려줘서 잃는 친구 숫자보다, 돈을 빌려줘서 잃는 숫자가 더 많다고.

이화운이 한 장만 챙기고 나머지 한 장은 돌려주었다.

"왜요?"

"나도 관련된 일이었으니까. 반반 부담하자고."

"오, 이런 횡재가! 차는 제가 사지요!"

잽싸게 전표를 챙겨 넣던 그녀가 고양이 눈을 뜨고 이화운을 쳐다보았다.

"설마 그쪽에서 냈던 이천 냥도 반반하자는 것은 아니겠지요?"

이화운이 피식 웃었다.

저 웃음이 좋아서 자꾸 실없는 소리를 하는 경향도 분명 있다. 그래, 뭐 어때. 보기 좋으면 됐지.

예상치 못한 상황들이 자꾸 벌어지고 있었지만, 그와 이렇게 마주 앉아 차를 마시고 있으니 마음이 편안했다. 사람 관계에서 가장 중요한 것이 아닐까? 같이 있을 때 편한 것. 전호와의 관계도 그러했다. 함께 있으면 정말 편했다.

물론 이화운은 전호와는 조금 달랐다. 편하면서도 왠지 모를 긴장감이 들었다. 처음 그를 봤을 때는 이런 두근거림이 없었는데. 갈수록 그에 대한 마음이 달라지고 있었다.

"차 맛이 좋네요."

"왜 묻지 않나?"

"뭘요?"

그가 무엇을 묻는지 잘 알고 있었다. 아까 만난 사형에 대해 왜 묻지 않느냐는 것이다.

"물어보면 대답해 줄 건가요?"

"어떤 질문이냐에 따라서는."

"많이 발전했는데요?"

그러면서 그녀는 싱긋 웃었다. 그래, 이럴 때 안 물어보면 영영 못 듣겠지?

"아까 그분이 사형이었죠?"

이화운이 고개를 끄덕였다.

"좋은 분 같던데."

그녀가 봤던 장면 속의 그는 참으로 온화해 보였으니까. 마음 같아선 그 장면에 대해 묻고 싶었다. 그 이후, 어떻게 되었는지.

하지만 그럴 수는 없었다. 그녀의 재능은 세상 누구도 모르는 그녀만의 비밀이었다.

"사형제가 모두 몇 명이었죠?"

"나까지 다섯."

"당신은 몇째죠?"

"셋째."

"그렇군요. 그럼 어제 그분이 대사형이었나요?"

이화운이 고개를 가로저었다.

"아니, 내 둘째 사형이시다."

"아, 그러셨구나."

처음으로 듣는 개인적인 이야기기에 그녀는 가슴이 떨렸다. 그의 속사정을 속속들이 알고 싶었던 것은 사실이지만, 그것을 알게 된 것보다 그가 마음을 열고 자신에게 과거사를 말해 주는 것이 기뻤다.

둘째 사형의 얼굴에 난 상처에 대해 묻고 싶었지만, 그녀는 참았다. 왠지 함부로 물어봐선 안 될 것 같은 예감 때문이었다.

"그때 당신이 죽였던 사람 있죠? 풍멸권을 사용했던 자요."

그녀가 십호에 대해서만 묻는 것은, 선착장에서 팔호가 죽는 것을 보지 못했기 때문이었다.

"그도 당신 사문과 관련이 있나요?"

이화운이 고개를 끄덕였다.

"그들은 대사형의 수하들이다."

"……!"

설수린은 깜짝 놀랐다. 어떤 식으로든 관련이 있다는 것은 알았지만, 설마 그들이 대사형의 부하들일 줄은 정말 몰랐다.
잠시 무거운 침묵이 흘렀다.
설수린이 조심스럽게 물었다.
"괜찮아요?"
이화운은 대수롭지 않은 얼굴로 대답했다.
"괜찮아. 그렇지 않다면 애초에 나서지 않았겠지."
이들 사형제의 사연이 궁금해졌다.
대체 그들에게는 어떤 일이 있었던 것일까? 아마도 둘째 사형 얼굴의 그 무서운 상처도 그들의 과거사와 관련이 있을 것이다.
대사형이 무림맹에 맞서고 있는데 왜 그의 사부는 가만히 있는 것일까?
그의 사부와 대사형이 힘을 합친 것일까? 그렇다면 왜 사부의 수하라고 하지 않고, 대사형의 수하라고 하는 것일까?
아, 그러고 보니!
산중장원에서 보았던 의자가 생각났다. 의자에 박혀 있던 검도. 그날의 느낌상 분명 사부가 앉는 자리에 박혔던 검 같았는데.
많은 생각이 그녀의 머릿속을 스쳐 지나갔다.
그때 그곳으로 전호가 들어왔다.
두 사람에게 가볍게 인사를 건넨 후, 전호가 빠르게 말했다.
"섬서의 이 공자가 석방되었다고 합니다."
이미 예상했던 일이었다. 그가 어떻게 범인을 알아냈는지, 그에 대해 충분히 설명했는지는 중요하지 않았다. 결정적으로 그는 강호를 구할 후보 중 하나였다. 뇌옥에 가둬 둘 수는 없는 노릇이었다.

"앉아서 차나 한잔 해."

전호가 자리에 앉았다. 그의 잔에 차를 따라 주며 설수린이 물었다.

"술 많이 마셨어?"

"새벽까지 마셨죠."

"이놈아, 몸 생각해."

그러자 전호의 눈이 가늘어졌다. 지은 죄가 있었기에 그녀의 눈동자가 흔들렸다. 과연 눈치 빠른 전호는 단번에 그 반응을 포착했다.

"날 버리고 딴 데 가서 술 마셨죠?"

"아냐."

설수린이 두 눈을 빠르게 깜박였다.

이화운과 전호가 동시에 피식 웃었다. 왜 웃는지 몰라 설수린이 눈을 동그랗게 떴다가 이내 사실을 실토했다.

"미안해. 내가 일부러 그런 것은 아니고. 딴생각하면서 걷다 보니 이 사람 집이더라고. 그런데 마침 이 사람이 술을 사 와서……."

전호가 피식 웃으며 말했다.

"대주님, 근래 저 말고 다른 사람하고 술 마셔 본 적이 언제죠?"

"그게……."

그러고 보니 다른 사람과 술을 마신 기억이 언제인지 몰랐다. 신화대 수하들하고조차 술자리를 함께한 기억이 까마득했다.

"좀 마셔도 돼요. 대주님은 너무 다른 사람들을 안 만나신다고요."

전호의 말처럼 그녀는 다른 사람과는 잘 어울리지 않았다. 처음에는 인간관계를 넓히려고 노력하던 시절도 있었다. 하지만 그 과정에서 그녀는 많은 상처를 받았다.

그녀의 아름다움은 적어도 인간관계에 있어선 걸림돌로 작용했다. 남자들은 그녀에게 빠져들어 허우적댔고, 여자들은 그것을 질투했다.

전호조차 처음에는 그녀에게 빠져들었으니까. 하지만 전호는 자신의 감정을 빠르게 정리했다. 정리한 후에는 설수린을 편하게 대했다.

그것이 그녀가 전호를 좋아하는 이유였고, 지금까지 그와 인연을 이어온 이유기도 했다.

"참, 그리고 새로운 전각주로 청룡단주가 온다고 합니다."

"그래? 좀 의외군. 부각주가 자리를 이을 것 같더니."

"대체 왜 전각주를 죽인 것이죠? 이렇게 빠르게 재정비될 것을 예상하지 못했을까요?"

"그러게 말이다."

전호의 말에 설수린이 고개를 끄덕였다. 만약 새로운 전각주가 된 사도명을 죽인다 하더라도 결과는 마찬가지일 것이다. 무림맹의 고수들을 모두 죽이지 않는 한, 차기 전각주는 항상 존재할 테니까.

"대체 무슨 이득을 얻으려고요?"

전호의 말에 밖을 쳐다보던 설수린이 나직이 말했다.

"득을 본 사람이 하나 있긴 하네."

"네? 누구요?"

"저기 네 새 형님 후보."

창밖으로 섬서의 이화운의 모습이 보였다. 다루 밖을 지나쳐 걸어가던 그가 설수린을 알아보았다.

"어? 소저를 또 뵙는군요."

"강호의 정의를 위해 바쁘신 분이 여긴 어쩐 일이시죠?"

"하하. 소저와 전 인연이 있는 것 같습니다."

"한두 번 우연히 만났다고 인연이면, 제 인연은 무림맹의 모든 수레를 가득 채우고도 남을 거예요."

"하하. 특별한 인연은 횟수와는 관계가 없는 법이지요."

"그렇다면 저도 알 수 있을 텐데. 이상하군요."

"하하하하."

그녀가 까칠하게 반응해도 그는 한바탕 호탕하게 웃었다. 그러고는 정중히 포권을 취하며 말했다.

"아쉽군요. 하지만 또 뵙게 되리라 믿습니다."

정중히 인사를 한 후 그가 가던 길을 걸어갔다. 그가 멀리 사라지자 설수린이 입을 삐죽 내밀었다.

"인연은 무슨!"

그러면서 전호를 보며 물었다.

"넌 왜 가만히 있어?"

"뭘요?"

"저 사람 변호해 줬었잖아."

"그야 새 형님 후보 시절의 일이죠."

"지금은?"

"이젠 용의자 제일 후보죠. 너무 의심이 가서 오히려 의심이 가지 않을 정도죠."

의심의 눈초리를 뒤로 한 채 섬서의 이화운이 도착한 곳은 전각주의 집무실이었다. 앞서 전각주가 죽은 이후, 경계는 몇 배나 강화되었다. 철통같은 그곳은 섬서의 이화운을 감시하던 은영대의 무인조차 들어갈 수 없었다.

섬서의 이화운도 전각주의 집무실에 이르기까지 몇 번이나 검문을 거쳐야 했다.

원래 두 명이 지키고 있던 집무실 입구에는 여섯 명의 무인이 서 있었다.

"각주님. 이 공자께서 뵙기를 청하십니다."

"들어오시라고 하게."

섬서의 이화운이 안으로 들어섰다.

새로 각주가 된 사도명이 웃으며 그를 반겼다.

"어서 오시게. 이 공자."

밖을 지키던 수하들은 왜 사도명이 그를 초대했는지 짐작했다. 전임자의 살해범을 제거한 그를 당연히 한 번쯤은 만나야 할 것이다.

"전각주가 되신 것을 감축드립니다."

"부족한 사람에게 너무 큰 일이 맡겨졌네. 자, 앉으시게."

두 사람이 마주 앉았다.

시비가 들어와서 차를 내주었다. 사도명은 앞서 전각주가 없앴던 시비를 다시 받아들인 것이다. 그 하나만으로도 앞으로 전각 내에 많은 변화가 있을 것임을 예고하고 있었다.

"잠시 자리들을 비켜 주게."

"알겠습니다."

주위를 지키던 전각 무인들이 물러났다. 이제 그곳은 둘만의 공간이 되었다.

"대체 어떻게 그자가 전각주를 죽인 범인임을 알아내었나?"

섬서의 이화운이 차를 한 모금 마신 후 천천히 찻잔을 내려놓으며 말했다. 밖에 있던 무인들이 들었다면 모두 자신의 귀를 의심하며 경악할 대답이었다.

"내가 죽이라고 시켰으니까."

하지만 다음에 일어날 기절초풍할 일에 비하면 그것은 아무것도 아니었다.

사도명의 입가에 묘한 미소가 지어지더니.

츠츠츠츠츠츠.

그의 얼굴이 변하기 시작했다. 짧은 시간에 얼굴 모양을 바꿀 수 있는 최상급 수준의 환술이었다. 조금 전만 해도 사도명이었던 그 얼굴은 낯선 사내의 것으로 바뀌었다.

순식간에 얼굴을 바꾼 사내가 사악하게 웃으며 말했다.

"오랜만에 뵙습니다, 사호님."

섬서의 이화운, 아니 이제 정체를 드러낸 사호가 여유로운 미소를 지으며 말했다.

"잘 지냈나? 오호."

* * *

"맹주님과의 약속은 어떻게 되는 겁니까?"

비영단의 작전실을 찾아온 설수린의 물음에 제갈명이 냉담한 어조로 대답했다.

"약속은 약속이니까."

"헉! 그 말씀은?"

"잡지 못했잖나? 약속대로 자리를 내놓아야지."

당황한 표정을 짓던 그녀가 이내 한숨을 내쉬었다.

"와, 장난인 줄 알아도 살 떨리는데요?"

그제야 제갈명이 굳은 표정을 풀며 미소를 지었다.

"먹고 사는 일인데. 당연하지. 걱정하지 말고 돌아가게. 맹주님께는 내가 잘 말씀드릴 테니까."

어차피 범인은 잡혔고, 이런 상황에서 설수린에게 약속을 지켜 자리를 내놓으라고 할 맹주가 아니었다. 약속은 생각도 안 하고 있을 것이다.

"감사합니다, 단주님."

"그곳까지 알아낸 것만 해도 대단했어."

"제가 처음부터 옆에서 봐서 알아요. 그것을 알아내기가 얼마나 어려웠는지. 아무나 찾아낼 수 있는 일이 아니었다고요."

자신이 데려온 이화운에게 공을 돌리는 것과 동시에 섬서의 이화운을 의심하는 말이었다.

그때 수하가 와서 보고서를 전하고 나갔다. 보고서를 확인하며 제갈명이 말했다.

"섬서의 이 공자가 전각주를 찾아갔다는군."

"왜요?"

"글쎄."

모른 척 말을 흐렸지만 제갈명은 그 이유를 짐작했다.

'생각보다 더 정치적이군.'

섬서 이화운이 진소양을 죽임으로써 결과적으로 부각주인 적영이 쫓겨나게 되었다. 새로운 전각주인 사도명에게는 섬서의 이화운이 큰 은인인 셈이었다.

결국, 섬서 이화운에게는 새 전각주와 친분을 맺을 수 있는 확실한 명분이 있는 것이다.

"그 이화운, 수상해요."

"어느 쪽 이화운이?"

설수린은 황당하다는 표정을 지었다.

"왜 이러십니까? 당연히 섬서의 이화운이죠."

"당연히란 말은 그럴 때 쓰는 것이 아니지."

"그럼 언제 쓰죠?"

"의심하려면 당연히 양쪽을 다 해야 한다! 이럴 때 당연히란 말을 써야겠지."

설수린은 제갈명이 무슨 말을 하려는지 누구보다 잘 알았다. 항상 그는 주관적인 판단을 경계하라고 가르쳤으니까.

"그에 관한 조사는 이미 끝이 났다. 기본적인 조사도 없이 그들을 데려왔겠나? 오히려 기록상으로는 자네가 데려온 이화운이 더 수상하다고 볼 수 있지."

"네?"

"그는 지금부터 오 년 이전의 기록이 없거든."

"그야……."

그가 사문에 있을 때일 것이다. 그녀도 알 수 없는 과거의 그 시절.

설수린은 아주 잠깐 망설였다. 자신이 알고 있는 이화운의 과거를 제갈명에게 말해 주어야 할까? 특히 그 사형에 관한 이야기를.

하지만 쉬 입이 떨어지지 않았다. 그런 개인적인 과거를 자신에게 쉽게 밝혀준 그였다. 다른 사람에게 말하는 것은 왠지 믿음에 대한 배신처럼 느껴졌다. 상대가 전호나 제갈명이라 할지라도.

죄송해요, 단주님.

"섬서에서 온 그는 있고요?"

제갈명이 고개를 끄덕이자 설수린이 빠르게 말했다.

"믿을 만한 과거가 있다 하더라도 이후에 그가 포섭당했을 수 있죠."

"물론 그랬을 수도 있겠지."

"대체 놈들의 목적이 뭐죠? 대체 무슨 짓을 하려고 하기에 그 결과가 강호 멸망이 될 수 있는 거죠?"

그녀의 말에 제갈명은 아무 대답도 하지 않았다. 맹주에게 말한 전쟁은 언급하지 않았다. 잘못 짚었다면 애초에 말할 필요가 없고, 제대로 짚었다면 그녀에게 말해 줄 수 없는 기밀이 될 테니까.

"그럼 제 임무는요?"

"계속해야지. 자네가 데려온 그 사람 옆에 있으면서 도와주도록."

"알겠습니다. 그럼 전 이만 가보겠습니다."

자리에서 일어나며 그녀가 다시 한 번 강조했다.

"섬서의 이화운, 확실히 수상해요."

이만큼 강조했으면 적어도 방심하진 않을 것이다. 자신보다 훨씬 똑똑한 분이니.

"조심하게."

설수린의 입가에 옅은 미소가 지어졌다.

"그런 영양가 없는 걱정 대신 특별 수당이나 주세요!"

* * *

설수린이 이화운의 숙소로 왔을 때, 그는 외출 준비를 하고 있었다.

"어디 가세요?"

"약초 캐러."

"약초요? 어디로요?"

그러자 이화운이 뒤를 돌아보았다. 무림맹 뒤로 높은 산이 있었다.

"저기 꽤 험한데."

"산세가 험할수록 귀한 약초들이 있지."

강호가 멸망한다는데 참 팔자 좋으시다는 농담을 하려던 그녀는 문득 그런 생각이 들었다.

약초를 캐려는 것이 아니라 조용한 곳에 가서 이런저런 생각을 정리하려는 것이 아닐까? 머리 복잡한 것으로 따지면, 그녀 자신도 빠지지 않았다.

"같이 가요."

기대하지 않고 물은 것인데 이화운이 고개를 끄덕였다.

"어쩐 일로 이렇게 순순히 데려가요?"

"싫어?"

"그럴 리가요."

설수린이 이화운을 따라나섰다. 산이든 바다든, 외출하기에 너무 날씨가 화창하고 좋았다.

이런 좋은 날씨에, 이 사람과의 외출이라. 절대 나쁘진 않지.

"이러다가 금방 여름이 오겠죠?"

"그렇겠지."

요즘 들어 부쩍 봄이 짧아진 기분이었다. 봄기운을 느낄라치면 금방 더워졌으니.

"당신은 어느 계절을 좋아해요?"

"겨울."

"왜요?"

"눈을 좋아해."

"아, 그렇군요."

왠지 이화운과 눈이 잘 어울린다는 생각이 들었다. 맑고 깨끗함은 분명 저 사람에게 종종 받는 느낌이었으니까.

"저는 겨울은 추워서 싫고요, 여름이 좋아요."

이번에는 이화운이 이유를 물었다.

"왜?"

"그냥 좋더라고요. 강렬한 햇살이 내리쬐는 그 아래 서 있는 느낌이 좋아요."

땀을 흘리며 뛰어다니면 짜증보다는 살아 있다는 느낌을 받았다.

열정이 느껴졌다. 계절을 사람의 인생으로 따지면, 여름은 딱 지금 나이의 자신 같다는 생각이 들었다. 이 시기가 빨리 지나지 않았으면 하는 바람이었다. 여름도, 자신의 청춘도.

그렇게 무림맹 입구를 나오는데 그곳에서 누군가를 발견했다. 그녀는 바로 전호가 소개를 받기로 했던 추영이었다.

"그 약초, 꼭 오늘 캐러 가야 해요? 오늘 하루, 한 불쌍한 중생을 구하는 데 쓰면 안 돼요?"

그녀의 뜻을 짐작한 이화운이 피식 웃었다. 그녀 뜻대로 하라는 미소였다.

설수린이 추영에게 걸어갔다.

"안녕하세요?"

"아, 설 대주님."

그녀도 설수린을 한눈에 알아보았다.

"저를 알아보시네요."

"당연히요. 지난번에는 실례가 많았어요."

"그럴 수 있죠."

"한데 어쩐 일로?"

추영은 조금 긴장한 듯 보였는데, 괜히 지난 일로 시비라도 걸어올까 두려운 눈치였다. 그녀는 일개 조원이고, 상대는 대주였으니까.

"전호 알죠? 그쪽이 소개를 받으려던."

"네."

전호가 언급되자 그녀는 더 바짝 긴장했다.

"지금 안 바쁘시면 함께 놀러 가실래요? 셋이서 놀러 가려던 중이었거든요."

그녀는 전호도 함께 놀러 간다고 거짓말을 했다.

"예? 그런데 왜 저를?"

당황한 그녀에게 설수린이 태연스럽게 말했다.

"녀석에게 미안해서 그래요. 원래라면 진즉 두 사람이 소개를 받았을 거예요. 한데 임무 때문에 밀리게 되었죠. 이렇게라도 자리를 만들어 주고 싶어서요."

그녀의 진심이었다. 그리고 추영이 왠지 전호와 잘 어울린다는 생각이 들어서였다. 망설이는 그녀를 보며 설수린이 미안한 표정을 지었다.

"제가 괜히 나선 것 같군요. 죄송했어요."

그녀를 두고 돌아서려는데, 추영이 떨리는 목소리로 말했다.

"아뇨. 저 괜찮아요."

* * *

"섬서의 이화운이 사호였다고요?"

육호의 놀람에 삼호는 담담히 고개를 끄덕였다. 두 사람의 밀담은 언제나처럼 그 작은 정육점의 고기를 써는 방에서 이뤄지고 있었다.

"그리고 이번에 전각주가 된 사람이 오호란 말씀이십니까?"

"네, 맞아요."

육호는 정말 깜짝 놀랐다. 자신이 속한 조직이 무림맹을 상대하고 있다는 것은 알았다. 하지만 결사대처럼 외부에서 싸워 나가고 있는

줄만 알았지 이렇게까지 깊숙이 개입하고 있을 줄은 정말 몰랐다.

거기에 한술 더 떠서 삼호가 더 놀라운 말을 꺼냈다.

"애초 계획은 전각주를 바꿔치기하는 것이었죠."

정말이지 저 입에서 왜 무림맹주를 바꿔 치려 했다는 말이 안 나오는지 이상할 정도였다.

"하지만 그건 쉽지 않았지요."

그리고 지금 육호가 경악하는 이유는 사도명을 바꿔치기해서가 아니었다. 무림맹에서 차기 전각주를 사도명으로 임명할 것을 정확히 예측하고 있었다는 점이었다.

그건 엄밀히 따져서 사도명을 바꿔치는 것보다 훨씬 어려운 일이었다. 무림맹 내의 돌아가는 상황을 정확히 파악하고 있어야만 가능한 일이었으니까.

그녀는 지난번에 바둑을 예로 들어 자신감을 보여주었다. 그리고 이제 그것이 허풍이 아니라 실력이었음을 증명한 것이다.

"섬서의 이화운이 사호라면, 그가 죽인 패왕은요? 그도 우리 편이었습니까?"

"말했죠? 불가피한 희생은 어쩔 수 없다고."

패왕까지 죽여 가며 만들어 낸 작전이었다.

"그들은 대체 어떤 일을 하게 되는 것입니까?"

"보면 알게 될 거예요. 모든 일은 계획대로 진행되고 있으니까요."

잠시 흐르던 침묵을 깨며 육호는 가장 궁금한 마지막 질문을 던졌다.

"왜 이런 말씀을 제게 해 주시는 겁니까?"

이 일은 삼호의 지휘하에, 사호와 오호가 움직여서 해낸 일이었다. 육호인 자신에게 알려 줄 필요가 전혀 없는 것이다.

"처음 만난 날 당신이 내게 했던 말이 생각나는군요."

육호도 분명히 기억한다. 그날 처음 이 조직에 들어오던 그날이었다.

―전 반드시 살아야 합니다.

그 말은 진심이었고, 그것은 분명 삼호에게도 전해졌을 것이다.

"당신을 살려 주려고 그래요."

진심인지 아닌지 알 수 없었다. 강호를 살아오면서 육호가 느낀 점 중 하나는 너무 많이 알면 오히려 위험하다는 것이다. 하지만 지금 그녀는 정반대의 말을 하고 있었다.

차라리 그런 말을 하지 않았어야 했다. 그 한마디 말에 담긴 자신의 절실함을 그녀가 어떤 식으로 이용하게 될지, 혹은 이용하고 있는지 너무나 두려웠다.

과연 살려 주려 한다는 저 말이 진심일까? 아니라면 자신을 속여서 결정적인 순간에 이용하려는 것일까? 그녀가 말한 큰 그림의 중요한 밑바탕 중 하나로 사용하기 위해서. 자신이 시뻘건 피가 되어 화폭을 흐를지도 모를 일이었다.

그런 마음을 아는지 모르는지 삼호가 담담히 말했다.

"모르면 죽는 싸움이에요. 이 싸움은……."

* * *

"으아아아! 갑자기 그런 약속을 잡으시면 어떻게 해요?"

동경 앞에 선 전호는 바빴다. 머리를 털어 말리며, 옷을 입었다. 그리고 불평까지.

"갑자기 만났는데 그럼 어떻게 해?"

"어제 늦게 잤단 말입니다. 이 얼굴 부은 것 안 보이세요?"

"또 애들이랑 술 마셨지?"

"간만에 비상이 풀렸는데. 한잔해야죠."

"간만이라고 해 봐야 며칠이다."

"자그마치 며칠이죠."

전호가 웃통을 훌러덩 벗었다. 설수린은 시선을 피하지 않았다. 훈련 때 여러 번 봤던 몸이었다.

전호가 그녀를 향해 돌아선 후 의미심장한 눈빛을 발하며 말했다.

"어때요? 이 몸, 죽이죠? 떨리죠?"

"떨리네."

"그렇죠?"

설수린의 입꼬리가 올라갔다.

"너무 애처로워서. 너 이제 배도 나오려고 하네."

"어제 술을 많이 마셔서 그래요."

"이놈아! 술 그만 마셔."

"잔소리는 그만 하시고. 이거나 좀 맡아 봐요."

전호가 작은 병을 열어서 냄새를 맡게 했다. 꽃물과 약품을 섞어 좋은 향기가 나게 하는 향료였다.

"이 향, 어때요?"

"좋네. 나 만날 때도 좀 바르고 다녀."

"새외를 오가는 상인들에게 어렵게 구한 아주 비싼 거라고요."

"그러니까 바르라고!"

전호가 그것을 몸에 뿌렸다.

"그러니까 못 바르죠. 억지 그만 부리시고 저길 열어서 겉옷 좀 주세요!"

설수린이 한옆에 놓인 옷을 주워들었다.

"어휴, 더러워. 언제 빨았어?"

"그것 말고요."

전호가 달려가서 한쪽 옷장을 열었다. 안을 들여다본 설수린은 깜짝 놀랐다. 옷들이 일렬로 쫙 걸려 있었는데 하나같이 세련되고 멋진 옷들이었다.

"이거 다 네 거냐?"

"그럼요."

"빚이 산더미일 만하네."

"항상 드리는 말씀이지만, 산더미 아니고요. 그리고 혼자 사는데. 옷이라도 잘 입고 다녀야죠."

하긴 과부는 은이 서 말이고 홀아비는 이가 서 말이란 말이 있다. 남자가 혼자 있으면 금방 추레해진다는 말이다. 전호만 봐도 알 수 있다. 그나마 아직은 저렇게 멋을 부리고 있지만, 그것이 언제까지 갈지. 밥이나 제대로 챙겨 먹는지. 그래서 오늘 이 자리를 만드는 것이

기도 하다.

"자, 어때요? 추 소저 마음에 들까요?"

옷을 차려입은 전호는 아주 멋있었다.

"죽인다, 아주."

"후후. 가시죠."

그렇게 두 사람이 집을 나서서 저잣거리로 향했다.

"두 사람 먼저 객잔에서 기다린다고요?"

"길에 세워둘 수는 없잖아."

"당연히 그렇죠."

"걱정 안 돼?"

"뭐가요?"

"그 사람 매력에 빠져들 수 있잖아."

그러자 전호가 피식 웃었다. 그녀는 알고나 있을까? 저런 말을 자연스럽게 한다는 것이, 그녀 자신이 이미 그의 매력에 빠졌다는 말임을.

"그럴 여자면 일찌감치 떠나보내야죠."

"현명한 마음가짐이다."

"하하하. 적어도 여자 문제에 있어선 현명하죠."

그렇지 않았다면 아직도 설수린을 좋아하고 있었을 테니까.

"자, 진정한 애정의 고수가 어떻게 여인을 요리하는지 보실까요?"

그렇게 두 사람이 객잔으로 들어섰다.

第十章
노을 풍경

天下第一

 설수린은 한 번도 전호가 여자와 만나는 곳에 합석한 적이 없었다. 그래서 평소에도 궁금했었다. 녀석이 여자와 만나면 어떻게 행동하는지. 그녀는 흥미진진한 마음이었고, 이화운은 있는 듯 없는 듯, 평소 자신의 조용한 모습 그대로였다.
 "기다리게 해서 죄송합니다."
 전호는 일단 추영에게 사과를 하면서 자리를 시작했다.
 "아뇨, 괜히 제가 끼어서……."
 "우리 대주님께서 먼저 권하셨다고 들었습니다."
 설수린이 동석한 것을 어색해하는 그녀를 위해 한마디 거들어 주었다.
 "바쁘신 분 어렵게 모신 거야."

"뭐, 저는 안 바쁩니까?"

확실히 전호는 출발 전과 달랐다. 옷을 입을 때만 해도 추 소저에게 간이라도 빼 줄 듯하던 녀석이었는데, 지금은 어딘지 모르게 자신만만하다고 할까?

"요즘 바쁘죠? 이번 천라지망에서 백룡대는 서산 쪽을 맡았다는 것 같던데."

"아, 그걸 어떻게 아셨죠?"

"거기 고삼이와 입맹 동기입니다."

"아, 고 선배를 아시는군요."

"하하, 잘 알죠."

추영의 표정이 조금 풀어졌다. 표정으로 짐작하건대, 고삼이란 무인과 사이가 나쁘지 않은 듯 보였다.

"혹시 녀석이 빡빡하게 굴면 제가 가서 혼내드리지요."

전호의 농담에 그녀는 깜짝 놀라 말했다.

"그러지 마세요. 제게는 잘해 주세요."

"당연하죠."

"네?"

"녀석이 여자 보는 눈이 있거든요."

그녀가 풋 하고 웃었다. 그 기분 좋은 농담에 분위기가 더욱 풀어졌다.

지켜보던 설수린이 내심 감탄했다.

이야, 말을 잘하긴 잘한다.

처음 이성을 만났을 때, 가장 중요한 것은 어색하지 않은 분위기다.

적어도 그에 있어서 전호는 연애 교범을 시범하는 것처럼 막힘없이 대화를 이어가고 있었다. 설수린은 그것이 그냥 입담이 좋아서가 아님을 알 수 있었다. 그녀의 상황이나 주변에 대해 잘 알고 있기에 가능했다.

또 하나, 그러면서도 녀석은 괜히 그녀에 대한 칭찬을 남발하지도 않았다.

"처음에 저도 백룡대를 지원하려고 했었습니다."

"정말요?"

추영이 눈을 동그랗게 떴다.

"네. 어쩌다 보니 신화대에 지원하게 되었지만, 원래는 백룡대에 들어가려 했죠."

"아. 그러셨군요."

그 말은 사실이었다. 한때 내가 백룡대를 갔으면 대주님은 어떻게 되셨을까로 시작하는 농담을 자주 했었으니까.

그러고 보니 전호를 처음 만났을 무렵이 떠올랐다. 그땐 정말 둘 다 풋풋했었는데.

"두 분 참 친하신 것 같아요."

추영이 설수린과 전호를 번갈아 보며 조심스럽게 말했다. 볼 때마다 항상 설수린이 함께 있었으니 분명 그렇게 생각될 만했다.

전호가 웃으며 말했다.

"보시다시피 제가 어딜 가도 사랑받는 유형이지 않습니까?"

그러면서 설수린을 쳐다보았다. 그녀는 이제 전호와 눈빛만 마주쳐도 그가 무슨 생각을 하고 있는지 알 수 있었다. 지원사격 요청이다.

설수린이 한숨을 내쉬며 장난스럽게 말했다.

"아쉽지만 본대에서 가장 능력이 뛰어나서요."

추영이 다시 미소를 지었다.

설수린은 그녀가 마음에 들었다. 그녀는 다른 사람의 말을 잘 들어주었고, 또 잘 웃어 주었다. 그것만 해도 큰 장점이라 생각했다.

"정말 아름다우세요."

추영의 칭찬에 설수린은 내심 올 것이 왔다는 생각이 들었다. 그것이 제발 질투로 흘러가지 않기를. 말도 안 되는 의심으로 흘러가지 않기를.

전호 역시 그에 대해 모르지 않았다. 그가 선택한 것은 정공법이었다.

"아름답죠. 우리 대주님이야 죽이죠."

진심으로 그녀를 칭찬한 후 아쉽게 덧붙였다.

"제 취향이 아닌 것이 아쉽죠."

순간 추영이 눈빛을 반짝였다. 그녀의 궁금함을 대신해 설수린이 대신 물어주었다.

"대체 네 취향은 어떤 거지?"

마치 처음 묻는다는 듯 물었다. 사실 녀석과는 이런 부분에 관한 이야기를 숱하게 나눴기에 취향 정도는 확실히 꿰고 있었다.

"저야 뭐…… 밝은 사람이 좋아요."

"그럼 난 어둡고?"

"어둡다기보다는 애정 관계에 제약이 많으시잖아요?"

뭐, 틀린 말은 아니었다.

"밝고 건강하고. 그런 사람 있잖아요. 보면 광채가 나는 것 같은 여자요."

그러면서 슬쩍 추영과 눈이 마주쳤다. 추영이 시선을 피해 고개를 숙였다.

저 시기적절한 눈 맞춤이라니!

설수린이 피식 웃으며 이화운을 쳐다보았다. 그때까지도 그는 묵묵히 앉아서 대화를 듣고만 있었다.

이제 사랑을 시작하려는 둘을, 그 노력을 보고 있자니 문득 궁금한 생각이 들었다.

저 사람에게도 애정에 있어 어떤 제약이 있을까?

전호가 모두를 보며 말했다.

"같이 가 볼 곳이 있는데. 일어나시죠?"

"어딜?"

"가 보시면 압니다."

전호가 일어나자 추영이 따라 일어났다. 하긴 그녀는 애초부터 전호에게 마음이 있었다. 여기까지 온 것도 그 때문이고.

그래, 가자. 네 사랑을 위해 어디든 못 가 주겠느냐?

이화운과 설수린도 전호를 따라나섰다.

* * *

이화운 일행이 있던 객잔에서 불과 이십 여리 떨어진 공터에 육호와 구호가 서 있었다.

그곳은 허름한 공사장이었는데 짓다 만 건물 주위에 여러 자재가 널려 있었다.

두 사람 뒤로 삼십 명의 복면인이 서 있었다.

구호가 천천히 그들을 살폈다. 하나같이 일류 고수들이었는데, 각기 다른 병장기에 다른 기도를 내뿜고 있었다. 그것이 뜻하는 바는 하나였다. 한 단체에서 나온 무인들이 아니란 뜻. 그들은 낭인들로 이뤄진 용병이었다.

'정말이지 이 조직은.'

그녀는 저런 일류 고수를 하나 고용하는 데 얼마나 많은 돈이 드는지 잘 알았다. 한꺼번에 서른 명을. 저들이 바보가 아닌 한 돈 몇 푼에 팔려 이 위험천만한 일에 나서진 않았을 것이다.

'그야말로 돈을 퍼붓는구나. 이렇게 많은 돈이 대체 어디서 나오는 것일까?'

분명 엄청난 돈을 가진 인물이 배경에 있을 것이란 생각이 들었다.

한편 육호는 뒷짐을 진 채 눈을 감고 생각에 잠겨 있었다.

이번에 새롭게 삼호에게 내려온 명령은 섬서의 이화운을 공격하란 것이었다. 스스로 같은 편을 공격해서 섬서의 이화운을 향한 의심을 없애려는 것으로 보였다.

최종 목표가 무엇이길래 이렇게까지 해서 무림맹의 신뢰를 쌓으려는 것일까? 그 이화운일까? 아니면 무림맹주일까? 아니면……

육호는 출발 전 삼호와 나눴던 대화를 떠올렸다.

"설마 그마저도 희생양으로 삼으시려는 것입니까?"

여기서 그란 곧 접선할 칠호를 의미했다.
그때 삼호의 눈빛은 분명 그런 말을 하고 있었다.
당신은 참으로 순진한 사람이군요.
그리고 이어진 그녀의 한마디.

"모두가 살아서 이번 일을 끝낼 수 있을까요?"

그 한마디로 충분했다. 저 말은 이번 일이 위험하다는 뜻이 아니었다. 일이 끝나면 모두 제거할 생각인 것이다. 부연하자면 어차피 다 죽일 것, 일을 진행하면서 효율적으로 죽이겠다는 말이기도 했다.
그리고 그녀는 그런 말을 해줌으로써 자신에게만은 마음을 연 것처럼 행동했다. 하지만 그럴수록 육호의 마음은 더욱 불안해져만 갔다.

육호가 아주 짧은 상념에서 벗어났다.
눈앞의 구호는 분명 긴장하고 있었다. 그녀의 뛰어난 생존 본능을 확인할 수 있는 순간이다. 그녀는 자신의 작은 행동 하나, 표정 하나에서 이번 임무의 위험성을 느끼고 있었으니까.
"곧 칠호가 도착할 것이다."
칠호가 온다는 소리에 오히려 구호의 마음이 불안해졌다. 예전 같으면 그 말에 크게 안도했을 것이다.
하지만 앞서 두 번의 실패를 통해 구호는 자신이 하는 일이 얼마나 위험한 일인지 확실히 깨달았다. 얼마나 위험한 상대를 상대하고 있는

지도. 상위 숫자가 개입할수록 그 임무는 더 위험한 일이 될 것이다.

'과연 칠호가 온다고 달라질까?'

십호도 죽었고, 팔호도 죽었다.

육호가 그녀의 불안을 정확히 읽어냈다.

"걱정하지 마라. 이번 일에서 넌 일의 진행을 내게 전하기만 하면 된다."

중간 연락책 역할만 하라는 소리에 그제야 구호가 안도했다.

'개죽음당하고 싶지 않아.'

모두가 이 조직에 들어온 이유가 있다.

구호의 연락책인 십삼호에게는 그 이유가 돈이었다. 그는 언제나 크게 한탕을 친 후 주지육림을 즐기며 사는 것이 꿈이었다.

구호에게 이 조직은 일종의 도피처였다. 그녀는 사랑하는 사람을 돕다가 배신을 당했고, 결국 그 죄를 뒤집어쓰고 무림맹에 의해 무림공적(武林公敵)으로 몰렸다.

무림공적은 무림맹뿐만 아니라 모든 정파 강호인들의 적이었다. 공적을 죽이면 막대한 상금은 물론, 큰 명예도 얻을 수 있는 기회였다.

지역과 지역 간, 모든 관문에는 무림맹의 검문이 있다. 무림공적만은 반드시 잡아야 하는 악인이었기에, 모두 눈에 불을 켜고 살폈다.

한마디로 무림공적으로 몰려서는 정상적으로 살아갈 수 없었다. 평생을 신분을 감춘 채 도망자로 살아가야 했다.

그때 이 조직에서 그녀에게 제안했다. 자신들을 도우면 무림공적의 명단에서 이름을 없애 주겠다고.

물론 처음에는 절대 믿지 않았다. 하지만 상대는 그녀가 거절할 수 없는 증거를 보여주었다. 실제로 명단에서 이름을 지웠다가 다시 올린 것이다. 아주 짧은 순간이었지만, 분명 그때만큼은 무림맹의 검문에서 자유로울 수 있었다.

'무림공적에서만 벗어날 수 있다면.'

행복하게 살 것이다. 이번에는 정말 좋은 남자를 만나서 행복하게 살아갈 것이다.

잠시 후 그곳으로 칠호가 도착했다.

그를 보는 순간, 구호는 그가 누군지 알 수 있었다.

동글동글한 얼굴에 웃는 인상. 마치 웃는 분장이라도 한 것 같은 그런 얼굴이었다. 그래서 웃고 있지만 두려운 마음이 들었다.

그리고 실제로 그는 웃고 있지 않았다. 얼굴이 그렇게 생겼을 뿐이다. 저런 특징을 지녔는데, 자신보다 고수인 사람은 그녀가 알기로 단 한 명이었다.

밀왕(密王).

아무도 그의 이름을 몰랐다.

그는 밀왕으로 불렸다. 모든 것이 비밀에 속해 있었다. 그가 어떤 무공을 구사하는지도 아는 사람이 없었다. 그는 모든 것이 비밀에 싸여 있었지만, 동시에 사도칠왕의 자리에 올라 있었다.

"오랜만에 뵙습니다."

육호는 그에게 예를 갖췄다. 보통 숫자가 아래면 하대를 하는데, 육호는 그의 실력을 인정해 주는 것이다. 삼호의 명령을 받아 밀왕을 포섭한 것도 육호 자신이었다.

이번에는 구호가 그에게 정중히 포권하며 인사했다.

"구호입니다."

밀왕은 그녀를 보며 음흉하게 웃었다. 마치 이번 일이 끝나면 함께 잠자리나 하자는 그런 능글맞은 웃음이었다.

그녀는 예전 팔호 때에는 확실히 자신의 불쾌한 감정을 표했다. 하지만 지금은 절대 그런 내색을 하지 않았다. 상대는 팔호와는 비교도 안 되게 강한 사람이었고, 더 잔혹한 사람이었다.

"팔호가 죽었다고요?"

"네, 그렇게 되었습니다."

"건방진 놈. 결국, 그렇게 돼졌군."

구호는 팔호에 대한 그의 기억이 좋지 못하다는 것을 알 수 있었다. 아마 오늘의 인상에 따라, 자신도 죽으면 누군가에게 저런 식으로 말해지겠지?

칠호가 육호에게 물었다.

"내가 맡을 일은 무엇이오?"

"섬서에서 온 이화운을 없애는 일입니다."

순간 밀왕의 눈빛이 날카로워졌다.

"패왕을 죽인 그자 말이오?"

"그렇습니다. 그자가 대업에 큰 방해가 되고 있습니다."

밀왕의 표정이 진지해졌다.

패왕을 끌어들여 이화운을 공격하도록 한 사람이 바로 자신이었다. 몇 가지 거짓말로 다혈질인 패왕을 자극했던 것이다.

두 사람이 꽤 오랜 세월 친분을 유지하고 있었다는 것을 생각하면, 그건 배신이었다.

어쨌든 섬서의 이화운이 사도칠왕 중 패왕을 죽였기에, 밀왕이 그를 죽이려 하는 데에는 분명한 명분이 있었다.

육호는 이제 확실히 안다. 삼호는 여기까지 다 미리 계획하고 있었다는 것을. 앞으로 또 얼마나 더 많은 계획이 준비되어 있을지 알 수 없는 일이었다.

"이들을 데려가시오."

뒤에 서 있던 복면인들이 앞으로 나섰다.

밀왕이 그들을 한 번 스윽 훑었다.

"쓸 만해 보이는군."

그가 고개를 한 번 끄덕이더니 미소를 지었다. 저들과 자신이라면 승산이 있다고 판단한 것이다.

"기한은?"

"빠르면 빠를수록 좋습니다."

"좋소. 내게 맡기시오."

"좋은 결과를 기대하겠습니다."

밀왕에게 좋은 결과 따윈 없다는 것을 잘 알면서도 그렇게 말해 주었다.

밀왕이 삼십 명의 낭인들을 데리고 그곳을 떠나갔다.

이번에는 육호가 구호에게 명령을 내렸다.

"은밀히 감시하다 일의 진행 사항을 보고하도록."

"네!"

구호도 훌쩍 몸을 날려 그곳을 떠나갔다.

잠시 후 육호마저 떠나간 그곳에는 먼지 쌓인 자재들과 짓다 만 집만이 덩그러니 남아 있을 뿐이었다.

*　　*　　*

전호가 세 사람을 데려간 곳은 무림맹 본단 서쪽에 있는 한 갈대밭이었다.

쏴아아아아아!

바람에 갈대가 일제히 흔들렸다. 높은 산의 절경도 아니고, 그렇다고 대단한 풍경이 있는 것도 아니었다. 하지만 끝없이 펼쳐진 갈대숲을 보고 있자니 절로 감탄이 나왔다.

"와! 아름다워요."

추영의 진심 어린 감탄에 설수린도 동참했다.

"맹 근처에 이런 곳이 있었어?"

설수린은 이곳에 갈대숲이 있다는 것은 알았지만 직접 와 본 것은 이번이 처음이었다. 그리고 이곳이 이렇게 멋진 풍경인지도 처음 알았다.

"가끔 심란할 때면 오는 곳이죠."

네가 심란할 때가 어디에 있어? 그리고 심란은 술로 푸시는 분이잖아?

추영이 있어 차마 그 말은 못하고 설수린이 섭섭한 표정으로 물었다.

"이런 좋은 곳을 왜 한 번도 안 데려왔어?"

"대주님을 왜 데려와요?"

"널 죽음의 임무로 내보낼 수 있는 직속상관님이시다! 그 정도 이유면 충분할 텐데?"

설수린의 장난스러운 대답에 전호가 진지하게 말했다.

"처음이에요. 이곳에 다른 사람을 데려온 것은."

* * *

처음 그 말을 들었을 때 설수린은 거짓말이라고 생각했다.

데려온 여자마다 그 말을 했겠지. 이곳에 데려온 사람은 네가 처음이야.

하지만 전호의 눈빛을 보는 순간, 설수린은 그 말이 진심임을 알 수 있었다.

"맹세코 처음이에요. 누군가를 이곳에 데려온 것은."

그 말에 추영의 얼굴이 살짝 붉어졌다.

기분 좋을 것이란 생각이 들었다. 자신이라도 그랬을 테니까. 녀석, 오늘 연애가 무엇인지 제대로 보여 주시는데?

쏴아아아아.

다시 불어온 바람에 갈대가 흔들렸다.

하지만 설수린은 전호의 표정에서 어떤 쓸쓸함을 읽었다. 예전에 이화운이 그랬던가? 전호가 아주 어두워 보인다고? 정말 전호에게 자신이 보지 못하는 어두운 일면이 있는 것일까?

그때 말없이 듣고만 있던 이화운이 설수린에게 말했다.
"우린 잠깐 걷지."
아, 그러고 보니. 내가 너무 눈치 없이 굴고 있었네.
"좋죠. 우린 바람 좀 쐬고 올게."
두 사람이 그곳을 걸어 나왔다. 전호와 추영에게서 멀리 떨어지자 설수린이 팔꿈치로 이화운의 옆구리를 쿡 찌르며 말했다.
"그래도 눈치 있네요. 일부러 자리를 피해 줄 생각도 하고."
"그래서 그런 것 아닌데?"
"네?"
"저 두 사람 때문이 아니라……."
이화운이 발걸음을 멈추고 그녀를 빤히 쳐다보며 말했다.
"당신이랑 같이 걷고 싶어서 그랬다고."
"……!"
예상치 못한 말에 설수린은 너무 놀랐다.
"방금 뭐라고 했어요?"
"같이 걷고 싶었다고."
"……."
두 사람 사이의 개인적인 일에 있어서 이화운이 함께 무엇을 하자고 한 것은 이번이 처음이었다.
대부분 그녀가 억지를 부려 이뤄진 일들이었다. 억지로 따라붙거나, 억지로 데려오거나.
그리고 오늘 이화운이 처음으로 함께 걷자는 말을 한 것이다. 그것도 함께 걷고 싶다는 이유로.

설수린은 가슴속 깊은 곳에서 어떤 울림을 느꼈다. 그것은 순간 가슴이 울컥해지는 감정과는 달랐다. 아주 깊은 곳에서 천천히 퍼져 나가는 그런 진동이었다. 두근거리면서도 기분이 야릇한, 그리고 절대 싫지 않은 그런 울림이었다.

그녀의 얼굴에 아주 천천히 미소가 지어졌다. 그 미소는 지금 그녀의 심정을 충분히 설명하고 있었다.

이화운이 다시 걸음을 옮겼고, 설수린은 천천히 그 발걸음에 맞춰서 나란히 걷기 시작했다.

같이 걷자는 한마디에 이런 좋은 기분이 들 수도 있나? 자신의 마음이지만 이해할 수 없는 순간이었다.

설수린이 힐끗 이화운을 쳐다보았다.

그는 오늘따라 유난히 더 잘 생겨 보였다. 아이 피부처럼 하얀 피부에서는 빛이 났고, 눈빛은 너무나 맑고 투명했다.

"후우."

그녀가 자신도 모르게 숨을 내쉬었다.

이화운이 자신을 쳐다보는 것을 느꼈지만, 모른 척 땅만 보고 걸었다.

다시 이화운의 시선이 돌아가는 것을 느끼고 나서야 그녀는 고개를 들었다.

설수린! 이러지 말자. 죽어도 사랑 따윈 하지 않겠다고 결심했잖아. 게다가 이 사람…….

정말이지 너무나 많은 비밀을 지닌 사람이었다. 설령 자신이, 오랫동안 지켜온 다짐을 깨고 사랑을 하려 해도, 정작 그가 자신을 사랑할지는 알 수 없었다.

설수린, 마음 약해지지 말자. 지금까지 잘해 왔잖아?

그녀는 애써 자신의 마음을 다잡으려 애썼다.

갈대밭 끝자락에서 두 사람이 자연스럽게 발걸음을 멈췄다.

저 멀리 노을이 지고 있었다.

노을에 물들어가는 갈대숲은 너무나 아름다웠다. 마치 붉은 옷을 입고, 바람을 악기 삼아 춤을 추는 것만 같았다.

"아름다워요."

그녀의 입에서 절로 감탄이 흘러나왔다.

"그렇군."

두 사람의 얼굴도 노을빛에 붉게 물들기 시작했다.

그렇게 한참을 두 사람은 아무 말 없이 자연이 펼쳐내는 아름다운 장관을 지켜보고만 있었다.

얼마나 시간이 지났을까? 이윽고 이화운이 오랜 침묵을 깼다.

"그런 경험 있나?"

"어떤 경험요?"

"상대를 이해하면서도 이해할 수 없었던 경우 말이야."

물론 그런 적 있었다. 아버지도 어머니도, 그런 경우였으니까. 그 외에도 살면서 몇 번쯤 그런 일을 겪었다.

"있어요, 저도. 마음으로는 이해가 되는데, 머리로는 이해가 안 되고. 어떨 때는 반대로 머리로는 이해가 되는데, 마음으로는 이해가 안 되고. 그런 경우죠?"

이화운이 천천히 고개를 끄덕였다.

"당신은 누구였죠? 그 대상이?"

그녀의 조심스러운 물음에 이화운은 순순히 대답해 주었다.

"사부와 대사형."

"……!"

이화운이 또다시 마음의 문을 열고 있었기에 설수린은 내심 긴장했다.

잠시 침묵이 흘렀다. 이화운의 두 눈은 더없이 깊어졌고, 누구에게도 쉽게 말하기 힘든 회한이 담겼다.

"누구였나요?"

"뭐가?"

"두 사람 중 당신을 화나게 한 사람이."

어떻게 알았느냐는 듯 이화운이 흠칫 놀라는 표정을 짓다가 이내 시선을 갈대밭으로 향했다. 잠시 침묵하던 그가 나직이 입을 열었다.

"처음에는 사형이었지."

그 말은 속뜻을 품고 있었다.

"결국, 당신은 두 사람 모두에게 화가 났군요."

이화운이 순순히 고개를 끄덕였다.

"모든 것을 말해 주지 않아서 답답하지?"

"네. 아주 미치겠어요."

그녀의 장난스러운 대답에 이화운이 희미한 미소를 지었다. 그녀는 느낄 수 있었다. 여기까지만 해도 그는 큰마음을 먹었다는 것을. 사부와 관련한 과거는 그 누구에게도 쉽게 말하기 어려운 일이란 것을.

그래, 기다리자. 언젠가 그는 또다시 지금처럼 마음을 열고 지난 이야기를 해 줄 것이다.

설수린이 환하게 웃으며 말했다.

"참아볼게요."

전호였다면 이렇게 대답했을 것이다. 노름에서도 패를 깠을 때보다 쫄 때가 더 흥미롭다고.

그리고 그녀는 생각했다.

이런 아름다운 곳에, 이 사람과 함께 있는 것만으로도 충분하다고. 대답을 듣지 않아도 충분하다고.

갈대를 흔들던 바람은 이제 그녀의 머리카락을 날리기 시작했다.

*   *   *

"어제 좋았어요?"

아침부터 찾아온 전호의 첫 물음에 설수린은 어이없다는 표정을 지었다.

"내가 물어야 할 질문 아닌가?"

"저야, 좋았죠."

그러면서 전호가 머리를 긁적이며 씩 웃었다.

"너 이 자식! 혹시?"

"지금 무슨 생각하시는 거예요? 저 순수한 남자라고요."

"여잘 함부로 대하지 마."

"애정 문제를 저에게 충고하시다니요. 검왕 앞에서 무관의 꼬마가 검술을 강론하는 것과 같다고요!"

"이놈아, 여자를 많이 만난다고 잘 아는 건 아냐. 착각하지 마."
그러자 눈을 가늘게 뜬 전호의 반격이 시작되었다.
"후후후."
"뭐냐? 그 기분 나쁜 웃음은?"
"대주님이야말로 그런 분위기 오랜만이었잖아요."
"네가 날 잘 몰라서 그러는 거지. 너 모르게 연애도 많이 했어."
전호의 입꼬리가 올라가는 것을 보자 그녀가 이불을 뒤집어쓰며 재빨리 벽 쪽으로 돌아누웠다.
"됐고. 거기 쌀로 밥이나 좀 해라. 오랜만에 집밥 한 번 먹어보자. 난 좀 더 잘란다."
"그러시다면 오랜만에 실력 발휘 좀 해야겠군요."
전호는 콧노래를 흥얼거리며 밥을 지을 준비를 했다.
잠이 온다고는 했지만, 이불 속의 그녀는 눈이 말똥말똥했다.
어제 일을 생각하면 지금도 가슴이 두근거렸다. 눈을 감으면 어제 그 갈대밭에 불던 바람 소리가 귓가에 들려 올 것만 같았다.
"참 소식 들으셨습니까?"
"무슨 소식?"
"섬서 이 공자가 연회를 연답니다."
"뭣이?"
설수린이 벌떡 침상에서 몸을 일으켰다.
"그 새끼, 미친놈 아냐?"
"그렇다고 그렇게까지 대놓고 욕을 하실 필요는……."
"흥! 드디어 본색을 드러내는군. 이제야 알겠어. 맹주님을 그곳에서 암습하려는 수작이야. 내가 말했잖아? 처음 볼 때부터 수상했다고. 우선 제갈 단주님께 알려!"

"그래야겠죠. 맹주님을 초대했다면요."

"뭐?"

"맹주님은 초대 안 했다고요."

"망할! 그럼 단주님이 목표야? 어서 단주님께…… 아, 단주님도 초대 안 했어? 그럼 누굴 초대했는데?"

"그냥 맹의 일반 무인들을 초대했어요. 지위고하 막론하고 그냥 시간 되는 사람들 오라고 했다더군요."

잠시 멍한 표정을 짓던 그녀가 다시 침상에 누웠다. 그녀가 한풀 꺾인 목소리로 말했다.

"왜 그런 짓을 해?"

"무림맹 무인들의 노고를 위로하는 의미라더군요."

"인기라도 끌고 싶은 거야?"

"그런가 보죠."

"할 일도 없다. 강호를 구하라고 데려다 났더니 연회나 열고 말이야. 아무리 생각해도 수상하다."

"원래 그런 사람인가 보죠? 있잖아요? 그런 사람들. 주목받기 좋아하고. 으스대기 좋아하고."

어디 있기만 하겠는가? 많지. 요즘 강호에 그런 성격은 흠 축에도 끼지 못한다. 오히려 자신을 적극적으로 알리고 드러내 보이지 못하면 그것이 단점이 되는 세상이다.

"우리도 가볼까요?"

"어딜? 그 연회에?"

"네. 대주님 말씀처럼 어떤 수작을 부리는 것이라면 당연히 가서 밝혀내야지요."

"그렇지?"

맞는 말이다. 놈이 수작을 부리면 찾아내면 된다.

"좋아, 우리가 가서 파헤쳐……."

"가서 말하고 올게요."

"누구에게?"

"누구긴요. 추 소저지요."

"우리라는 게 나 아니었어?"

"제가 대주님하고 연회를 왜 갑니까?"

황당해하는 설수린에게 전호가 히죽 웃으며 말했다.

"농담입니다. 하지만 우리 둘이 가면 정말 조사하러 간 것 같지 않을까요? 차라리 넷이 가면 더 자연스러울 것 같은데."

"그럴까?"

그럴까는 무슨. 그래서가 아니다. 이화운과 같이 연회 같은 곳을 한 번쯤 가보고 싶다는 마음이 들었기 때문이었다. 전호 녀석도 추 소저를 다시 보고 싶어서 저러는 것이고.

"어제의 갈대밭 용사들, 다시 뭉치자고요!"

그녀는 침상에서 내려오며 힘차게 말했다.

"좋아! 밥 먹고 꽃단장 개시다!"

* * *

"싫다!"

이화운의 단호한 거절에 설수린은 말문이 막혔다.

아, 이 사람. 역시 다중인격이 있는 것이 확실하다.

이렇게 매몰차게 나오면 어제 함께 걸을 때의 그 좋은 분위기는 뭐란 말인가?

"왜 싫은데요?"

그녀가 따지듯 묻자, 이화운이 냉정하게 대답했다.

"그런데 가는 것이 싫으니까."

뭐라고 따지려던 그녀가 흠칫 말문을 닫았다.

예전에 닭을 삶으면서 했던 말이 떠올랐던 것이다.

―외롭다고 죽지 않아.

아, 그러고 보니 이 사람. 여러 사람하고 어울리는 것을 극도로 꺼리는 성격이긴 했구나.

굳이 싫은 일을 강요할 성격은 아니었기에 그녀는 순순히 물러섰다.

물론 섭섭했다. 어제 그가 한 말처럼 머리로는 이해는 되지만, 마음이 이해가 되지 않는 그런 상황이었다.

그녀가 시무룩하게 밖으로 나왔다. 밖에서는 전호와 추영이 기다리고 있었다.

"안 간대요?"

전호의 물음에 설수린은 힘없이 고개를 끄덕였다.

"응."
"왜요?"
"그냥 싫대."
무슨 생각인지 전호가 그녀에게 말했다.
"잠시 제가 들어가 봐도 돼요?"
"얼마든지."
안으로 들어서는 전호에게 설수린이 말했다.
"시간 낭비라고."

잠시 후 두 사람이 함께 나왔다.
황당해하는 설수린에게 전호가 한쪽 눈을 찡긋해 보였다.
"당신 나 놀리려고 이러는 거죠?"
설수린의 말에 이화운은 아무 대꾸도 하지 않았다.
"자, 일단 가면서 얘기하죠. 간만의 연회인데, 늦게 가서 술 한 잔 못 마시면 안 되잖아요?"
전호가 앞장서자 모두 걸음을 옮겼다. 뒤따라 걸으며 설수린이 전호에게 전음을 보냈다.
『대체 뭐라고 그랬기에 나온 거야?』
그녀는 정말 궁금했다. 보통 권유로는 절대 따라나서지 않았을 것이 분명했다.
『별다른 말 안 했어요.』
『그래서 뭐라고 했는데?』
『여자에게 그러면 안 된다고요.』

『뭐?』

『정말이에요. 그냥 그 말만 하니까 나오던데요?』

뭐라고? 대체 왜?

*　　*　　*

연회는 인근의 장원 하나를 통째로 빌려서 벌어졌는데 생각보다 거창했다.

열 명이 넘는 악사(樂士)가 한옆 무대에서 악기를 연주하고 있었고, 그 앞에서 무희(舞姬)들이 춤을 추며 분위기를 돋웠다. 대충 구색만 갖춘 연회가 아니었다. 정식 연회, 그것도 부자들이나 열 만한 그런 규모의 연회였다.

"엄청난데요?"

전호의 말에 모두가 동의했다.

여기저기 아는 얼굴들도 꽤 있었다. 간단한 인사가 오고 갔다.

오늘 참석한 사람들은 대부분 섬서 이화운에 대한 호기심 때문에 참석한 사람들이었다.

이미 그에 대한 여러 소문이 퍼진 후였다. 맹주의 귀빈으로 와 있던 그가 전각주를 살해한 범인을 잡아냈다는 것은 가장 큰 화젯거리였다.

사실 제갈명은 전각주의 사인을 주화입마로 발표할까 고민했었다. 무림맹의 사기가 떨어질 수도 있는 문제였다. 하지만 그는 결국 솔직히 사건의 전모를 밝혔다. 결국은 밝혀질 비밀이란 생각 때문이었다.

덕분에 섬서의 이화운은 무림맹 무인들에게 일약 영웅으로 떠올랐다. 연회에 참석한 사람들도 주로 그에 대한 이야기꽃을 피우고 있었다.

장원의 커다란 마당에는 수십 개의 자리가 마련되어 있었고, 요리와 술이 차려져 있었다.

"자, 우리도 일단 자리 잡고 앉죠."

전호가 한쪽에 빈자리를 잡았다. 네 사람이 그곳에 앉았다. 전호가 마개를 열어 술 향을 맡으며 좋아했다.

"하하하, 술아! 너 본 지 언제이더냐?"

그러자 설수린이 과장된 어조로 말했다.

"무려 이틀 전입니다. 주인님!"

그녀의 농담에 추영이 입을 가린 채 활짝 웃었다.

술을 한 모금 마셔본 전호가 감탄했다.

"오! 술도 고급술인데요?"

술뿐만 아니라 요리도 큰 객잔에서만 취급하는, 그것도 최고급에 속한 요리들이었다.

"돈 좀 썼겠는데요."

"그러게 말이다."

"이화운이란 이름이 돈 많이 버는 이름인가 본데요?"

전호의 실없는 농담에 추영이 힐끗 이화운을 쳐다보았다.

설수린이 슬쩍 추영을 떠보았다.

"돈 버는 족족 동기들하고 어울려 다니며 술로 탕진하는 남자보다는 이런 돈 많은 남자 어때요?"

잠시 생각하는 듯하더니 이내 추영이 자기 생각을 뚜렷이 밝혔다.

"돈은 앞으로 함께 벌면 되지 않을까요? 돈보다는……."
그녀가 더욱 확고한 표정으로 덧붙였다.
"믿음이라고 생각해요. 남녀 관계는."
그녀의 생각에 설수린은 전적으로 동감했다.
생각하는 것도 그렇고. 볼수록 괜찮단 말이지.
남자들은 그런 말을 한다. 남자는 남자가 잘 본다고. 여자들 역시 마찬가지다. 여자 역시 여자가 잘 보는 바가 있다. 얼마나 꼬리를 치는지. 여시 같은 눈웃음에 가식이 얼마나 깃들었는지.
적어도 아직까지는 꼬리가 보이지 않는다.
오히려 걱정되는 한 가지.
보이는 것과 실제 그녀가 일치한다면, 저 예쁘고 참한 추 소저가 과연 저 술 좋아하고 사람 좋아하는 전호를 감당해 낼 수 있을까였다. 그만한 강단이 있어야 할 텐데.
그때 저 멀리 작은 함성이 들렸다.
장원 건물에서 섬서의 이화운이 걸어 나오고 있었다.

〈다음 권에 계속〉

DREAMBOOKS★

DREAMBOOKS★

DREAMBOOKS★

DREAMBOOKS★